# 너는
# 내일
# 겨우
# 잊혀지겠지만

이영관 지음

너는 내일 겨우 잊혀지겠지만

발　행 | 2018년 12월 8일
저　자 | 이영관
펴낸이 | 이영관
펴낸곳 | 도서출판 현해탄
출판사등록 | 2017.11.14.
주　소 | 강원도 홍천군 홍천읍 송학로3길 16
이메일 | eltte21@naver.com
S N S | https://www.instagram.com/yeongkwan1993

ISBN | 979-11-965442-0-1

www.bookk.co.kr

# 차례

## 제2장    이것은 내가 아니고

# 제3장   이것은 시가 아니고

시인의 말.

시 한 편 문장 한 줄 적을 때마다 상처를 칼로 도려
내는 심정이었다. 시간 갈수록 잊혀지는 사람들과 소외
되고 멀어져가는 관계를 받아들일 수 없어서였다. 한때
나의 전부였던 사람들이. 앞으로 마주칠 일 없는 그저
별 볼일 없는 타인이 되는 과정을 견딜 수가 없었고
나는 고통을 극복하지 못한 채 그저 견딜 뿐이었다. 그
래도 의미 있는 시간이었다고 생각했다. 지루했던 시간
이 흘러버렸으니까. 한 계절을 건너뛰고 두 계절을 앓
고 나니 이렇게나 멀리 와버렸다.

애써 눈물을 닦고 나니 흉물스럽게 번진 흉터만이 남
았다. 상처를 칼로 헤집는 자의 마음을 조금이나마 이
해해줄 누군가가 있었으면 좋겠다 생각했다. 사랑하는
사람에게서 예고 없이 버림받는 자의 마음은 오죽했을
까. 그냥 아프고 또 아프고 싶었다. 죽을 것 같은 마음
에 참지 못하고 결국 울어버리면 관계라는 울타리 밖으
로 나를 쫓아낸 사람들이 잠시나마 문을 열고 안아줄
거라 믿고 그랬다. 그러나 세상은 숨 막히는 것 이상으
로 각박했다. 숨막힌 세상에 시달리는 것이 일상인 사
람들에게, 주위를 외면하는 일 또한 결코 어려운 일이

아니었다. 나는 결국 지치고 지쳐 울어버릴 힘마저 없어지고. 한 달 넘게 문장 한 줄 적지 못한 채 무기력하게 누워만 있던 것 같다. 날씨가 추워져 정신을 차리고 나니 침대 위에는 싸늘하게 식어버린 나를 닮은 시신 하나가 덩그러니 놓여있었다.

나는 결국 스위치를 꺼버리듯. 모든 감정을 망가뜨렸다. 그렇게 결국 모두가 불행해지고. 내가 만약 어른이길 거부하지 않았더라면. 내가 조금이나마 섬세하고 성숙했다면. 생각해보면 주변에 가엾은 사람들 뿐이었다. 그저 외로워서 일 년 뒤면 남이 될 사람들과 공허하게 웃음 짓고. 매일 밤 술에 취해 낯선 이의 품에 안겨 잠들고. 자신을 사랑해줄 사람들은 외면한 채. 스스로를 사랑하지 않는 사람들만 사랑해서 매일 밤 괴로워했다. 너무 아픈 것이 사랑이고 진심이었다고 믿었던 시간들. 그저 별 볼일 없이 끝나버린 마음이 되어 상대방의 표정마저 기억하지 못하는 날이 바로 내일이 되는 것이 두려워서. 슬픔이나 원망, 경쟁심과 반감, 절망, 두려움과 질투, 연민 같은 나쁜 감정들로 그것을 억지로 가득 채웠고. 더 이상 내 것이 아닌 상처들이 나쁜 상태에 있던 내 마음 곳곳에 스며들었다.

그래서 나는 이 책을 읽을 수 없을 것 같다. 심장을

도려내는 심정으로 간신히 치워버린 감정들. 조금이라도 내 생각이 난 적이 없는지. 어쩌다 우연히 마주쳐서 반가웠던 적은 없는지. 정말 한 사람의 진심이 삶에서 아예 지워버리고 싶을 만큼 싫었는지. 단 한 순간이라도. 빈자리가 느껴지는 밤이나 한여름 밤의 속삭임이 그리워진 새벽은 없었는지. 묻고 싶은 말들이 많았지만 그들은 이미 내 삶에서 지워진 사람들이고. 그저 웃는 표정이 더 이상 기억나지 않는 그 한 사람이 조금 더 많이 웃고 오랜 시간 아팠으면 좋겠다 생각했다. 그저 무채색 같이 걱정스런 당신들의 하루가 조금 더 밝은 색으로 다채롭게 칠해질 수 있다면. 화로 가득 차있던 당신의 목소리가 한때 내가 사랑했던 표정으로 다시 채워질 수만 있다면. 이 아프고 슬픈 이야기가. 그래도 한때 따뜻했던 순간을 조금이나마 머금었던 이 이야기가. 끝나지 않아도 좋다고.

나는 그렇게 생각했다.

꼬리를 물고 이어지는 긴 생각을 하는 동안 나는 예전의 서툴고 마냥 어린 나에게 작별인사를 했다. 철 들지 않는 것이 꿈이었던 그 어린 아이가 죽어버린 것을 꼭 끌어안고. 안아주지 못해서 미안했다고 눈물로 사과하면서. 나를 닮은 아이의 작은 손에서 손을 떼며 등을 돌리는 동안. 또 한 번의 서늘한 한숨이 새어나온다. 심호흡을 하면서도 내게 심호흡을 알려줬던 고맙고 미운 아이가 걱정이 되고. 밤이 되면 그 아이의 한숨을 따뜻하게 보듬어주는 꿈을 꿨다. 그렇게. 나는 또 한 번 문 앞에 서서. 두드릴지 말지를 고민한다. 아마 그 문을 두드리는 일은 없을 것이다. 끝이 보이지 않는 기다림과 끝나지 않을 것 같은 오늘 하루가 너무나도 두렵지만. 그럼에도 계속 이 자리에 서서 사랑했던 사람들을 생각할 것이다. 만약 누군가 문을 먼저 열어준다면 나는 마냥 반갑다고 인사하겠지. 그리고 내 곁에서 나와 꿈과 삶을 공유하는 사람들을 위해서. 조금 더 어른스런 동료이자 친구가 될 수 있도록 노력할 것이다.

2018년 11월 8일. 젖은 은행잎이 흩날리는 서늘한 밤.

제1장

# 이것은 네가 아니고

## Her

이 책의 글은 전부 제가 쓴 것이 맞으나,
모든 글의 주인은 따로 있습니다.

# 나는 어쩌면 괴물이 될지도 몰라

나를 후회한다던 사람이 있었다 그가 떠나고 나서야 받은 것에 비해 준 게 거의 없다는 것을 알았다

나는 성공을 앞뒀지만 무기력에 사로잡혀 있었다

긴장감에 사로잡혀 아무 것도 않느라 문 두드리는 소리가 들리는 것도 몰랐다 내가 문을 열자 그는 익숙하다는 듯 나의 침대에 누워 나를 끌어당긴다
　아득해져 서있기가 힘들었다

가만히 누워 눈을 감았다 입 맞추고 싶은 감정을 참기가 힘들었지만 최선을 다해 멈춰있었다

"내일이 되면 나는 많이 아플 거야"

사람은 둘인데 누구 입에서 나온 소린지 알 수 없었다 나는 살아있는 그가 고마워져 손수 약을 짓고 두터

운 이불도 덮어주지만 예의바른 그는 어느새 문을 열고
손을 내미는 내게 허리를 숙인다

나는 그때 아무 것도 않는 일이 최선을 다하는 것일
수 있다는 사실을 깨달았다 누구보다 치열하게 죽음을
견디며 살아있는 일이 누군가에겐 아무 것도 않는 것처
럼 보일 수 있다는 것도

마지막으로 입 맞춘 그날 서로의 혀를 적시면서도
눈물이 멈추지 않았다

넣어달라는 그의 부탁을 들어주면서, 내일부터 나를
좋아해달라고 애원하면서, 본능에 충실한 표정으로 나
의 등을 할퀴는 그를 보며 마지막임을 직감하면서, 사
랑하는 내내 울음을 참고 울기만 했다 성공과 하룻밤을
맞바꾼 줄로만 알고 그랬다

나는 아직도 후회도 기억도 할 수 없는 그날이 원망
스럽다, 하지만
그것은 이미 오래 전의 일이고
날이 추워지면 그냥 걱정이 많아진다

후회한다던 사람이 언젠가 내게 이불을 돌려주러 오면 어쩌지 그런 날은 오지 않았으면 싶지만 나는 그가 오는 소리를 들을 수 있고 어느새 그가 문 앞에 서있다

나는 성공을 앞두고 있다

행복하지 않은 그것을 성공이라 부를 수 있다면

## 미스 션샤인

서양인들이 헤어질 때 쓰는 인사법은 볼에 입을 맞추는 일 내가 이별에 동의하는 것은 다른 만남을 믿기 때문이다

나는 운명을 믿지 않는다 행운을 믿지 않는다 인연을 믿지 않는다 남자의 말을 믿지 않는다 내가 믿는 것은 확률 그리고 경우의 수

확률을 높인다

집 지하철 집 지하철 집 지하철 집 지하철 집 그리고 집

이른 아침 너의 집으로 가는 길을 반복해서 걷는다 그러다 하늘거리는 햇빛과 마주친다 (바로 너를) 지나치지 않는다

왜 그렇게 화를 내는 거지? 갑자기 왜 더는 마주치지 말자고 하는 거지? 나는 이해하지 못하고

쿵쿵. 거리는 소리는 다리에 힘을 주고 내는 신호이다 여기로 오고 있다는 소리는 언제든지 너를 기다리겠다는 약속이고 누군가는 Good-Bye를 See you로 바꿀 방법을 고민하겠지

어떤 꽃이든 나비가 매달리게 되어 있다 나비는 벌을 두려워하지 않고 하루가 끝나는 순간은 그 다음의 하루와 연결되어 있다 그렇게
믿음을 끊지 않자 중간에 끊긴 대화가 다시 자라고 있다나는 물과 거름을 주지 않을 것이다 다만 너에게 다시 고백해야겠다는 생각을 견딜 것이다
쿵. 소리를 내는 끌어당김을 지나치며 무례함을 담아 던진 한 줌의 여지를 줍지 않으며

그렇게

언젠가 'We are just gonna wait and see.' 라는 네가 좋아하는 영화 대사마저 기억 못하는 날이 올 것이다.

## 전지적 짝사랑 시점

여자친구가 되지 못한 그녀가 당분간 마주치지 말자고 한 날 나는 책을 한권 쓰기로 했다

집착보다 조금은 생산적인 일

나는 유튜브를 검색한다 짝사랑을 포기하는 과정을 물어보면 고백에 실패한
그러나 아직 포기하지 못하고 아파하는 시청자들이 가득하다

포기할 것인가 말 것인가 그것은 상대방이 결정하는 일

짝사랑에 성공한 사람들은 이런 드라마를 보지 않는다
나는 이런 책을 읽지 않는다

별 뜻 없는 메세지를 반복해서 읽는 사람들 그늘 틈

에서 숨이 막혔다

이것은 답장이 오래 전 멈춰버린 일방적인 독백이다

(그녀는) 이게 저예요 저는 이런 사람이에요 말하며 악역을 연기하는
행복한 사람은 한 명도 나오지 않는 드라마의 주인공이다

내가 한 번 더 고백을 하면

드라마가 일찍 끝나겠지 나는 마음을 참는다 목구멍에 약을 넣고 입을 벌려 물을 삼킨다

멈춰버린 화면 속에는 다른 방향을 보는 남녀가 있다

거울에 비춰봐도 고개는 안 움직이고 스크린도 멈춰 있고 그것이 다 끝나버린 정지화면에 불이 계속 켜지는데 아무도 드라마가 끝난 것을 믿지 않아서

큰일이다 이러다 정말 책 한 권이 나올 것 같다

# 언어의사소통론

수업 시작 직전이었다 배는 불러오는데 자꾸만 입 안으로 무언가 들어왔다 눈앞의 칠판이 새카매지고 많은 이야기가 오고갔지만

하나도 들리지 않고

졸다가 졸다가

"정상인이 하루동안 듣는 얘기 중 다음날에 기억하는 내용은 고작 3%입니다."라는 말에 잠에서 깼다 순간 나는 귀가 듣기 위해 존재하지 않는다는 사실을 깨닫는다

아무것도 기억나지 않는다던 너를 이해하기로 한다

좋아하지 않는 시를 좋아하게 된 것처럼 그렇게 됐다고 종소리가 들리면 수업이 끝났다는 뜻이라고

대학교의 강의실은 더 이상 종이 울리지 않는다 가방 속에 공책을 넣는 학생들 틈으로 나는 걷고 있다

교수님, 하고 그녀를 부르는데 그녀는 내 목소리를 듣지 못했다

나는 주장을 멈추지 않았다

사랑하는 사람이 생겼습니다 교수님. 제 사랑이 이뤄지면 A+를 주세요 그러지 못하면 F를 주셔도 상관 없습니다.

듣지 못한다면서 지친 얼굴로 뒤를 한 번 돌아본 그녀를 공감하기로 한다 공감할 순 없었지만

그렇게 하기로 했다

## 매트리스

달빛이 밝은 새벽이면 그 아이를 덮고 눕고 싶다

오늘은 날씨가 아플 것 같아서 심장이 조금은 천천히 뛸 것 같아서 그러면 또 하루가 예뻐질 것 같아서 꿈에서 깬 표정이 조금은 덜 슬플 것 같아서 그렇지 않으면 기억 속의 장면이 조각조각 찢겨지고 흩어질 것 같아서 겁에 질려 진짜 이유는 대지 못하고 안절부절 핑계만 대면서 밤새 그 아이를 기다린 적이 있는 것 같다

언젠가 이런 글을 썼다가 지우기를 여러 번 반복한 적이 있는 것 같다
그로부터 며칠이 지났다 나는 여기에 몇 마디를 덧붙인다 오늘따라 그 아이가 보고 싶다고. 술 마셔서 그런가

글을 쓰다가

눈동자 색이 어땠는지 기억이 안 나서 괜시리 서러워지는 것이다

나는 몇 걸음만 걸으면 그 아이가 닿는 곳에 살고

그 아이는 그냥 내 안에 산다

이것이 술 취해서 글을 쓰면 안 되는 이유인 것이다

이유, 진-짜, 보고 싶다, 이런 단어가 허락 없이 입
밖으로 튀어나온다 그러다 어디선가 갑자기 비명같은
기침소리가 들리지만 나는 문을 열지 않고 불을 끈 채
매트리스에 누워서 눈을 감고 손목을 움켜쥐었다

그렇게 몇 시간

그 아이를 생각하다 잠이 들었다

## 밤의 카페 테라스

시작이 뭐였지? 그래. 하루종일 걸었다
하루가 끝나버린 줄만 알고 그랬지

질량, 부피, 제비꽃, 계집애, 뉴턴의 사과, 지구, 그리
고 진자운동

심장소리가 들려서 계속 뛰고 있다고 생각했다

횡단보도 위의 레드카펫에서, 심장이 하늘에서 땅까
지 아찔한 진자운동을 계속하였다는 시를 읽어본 적이
있는 것 같다* 어쩌면 별들이 너의 슬픔을 가져갈지도
모른다는 글도

기다리다가
그렇게 또 잠들었다가

아무것도 않는 게 불가능하다는 것을 알았다

작은 프렌차이즈 카페에서 이국적인 카페가 배경인 고흐의 그림이 걸린 것을 보고 문을 열기도 했지만

새하얗고, 하늘거리고, 어여쁘고, 묘하고, 위험하고, 미워하고, 그럼에도 불구하고, 마지막 한 마디는 모든 이들이 알고 있겠지만

아무것도 말할 수 없었다

왜냐고 묻자 질문이 되돌아온다 다신 돌아갈 수 없는 줄만 알았는데 나는 계속 걷고 있고 떨고 있고 기다림을 멈추지 않고 있고 그렇게 아무것도 아닌 하루가 끝나가는데
짝사랑, 그 사람이 내 앞에 서있다 새벽보다 긴 작별 인사를 하고 있다

모든 것이 끝나버린 밤이었다

*김인육, 「사랑의 물리학」, 『어쩌면 별들이 너의 슬픔을 가져갈지도 몰라』 수록

## 증언

너를 만나러 가는 길이다 약속 시간보다 일찍 마주친
다 '그래, 조금 이따가 보자.'예측을 벗어난 인사, 이러
고 싶지는 않았는데

암막 커튼을 쳐도 실내에는 밝은 꿈이 가득하다 건물
옥상까지 웃음소리가 밀려오고 나는 사소한 대화를 연
기할 자신이 없어진다

이불을 머리 위까지 끌어올린 뒤 목소리로 편지를 썼
다 심장의 압박을 입술 밖으로 계속 토해내면 신열이
난다 살갗을 저미는 뭉근한 마음이 그저 가을이기를,
단순히 계절의 성질이기를

열이 심해지면 약속을 어겨도 사람들이 이해해줄 것
이다

Siri가 나를 깨우면 해야 할 일은 감정을 최대한 줄

이는 일, 에이에스엠알을 틀어놓고

물이 유리 잔에 따라지는 소리, 바둑알 잘그락 거리는 소리, 사그락 사그락 연필 깎이는 소리, 그리고 너.

침묵을 채우는 소음에 귀 기울이면서 건조한 종이 위에 후우- 잇김을 불고 따뜻한 발음을 새겨넣었다 또박또박 나의 글씨체는 어른스럽지 못해서 기록된 모든 말과 행동이 사랑받지 못할 것이다

그럼에도 이렇게 계속 쓰는 까닭은

사람들이 건물 밖으로 나가는 소리가 들린다 이 글을 반으로 접어야 할 시간이다
나는 일어설 것이고 편지가 든 봉투를 바지 주머니에 넣을 것이다

(아, 근데 그게 지금이구나)

바지를 짓누르기에 봉투를 꾸겨넣었다 앉을 때마다 허리 숙일 때마다 편지는 찌그러졌다 네가 있는 자리에서 무언가 재미있는 게임을 한 것 같은데

꿈에서 깼을 때 부끄러워지는 것은 나였다

불을 켜보니 책상 위에는 꾸깃하게 반으로 접힌 편지
지가 놓여있다 편지지에서 비누냄새가 나는 것을 너는
믿지 못할 것이다

잠든 사이 실내가 비누향으로 가득 채워진 것을 알고
문을 연 순간 긴 복도와 문이 잠긴 방이 나온다

시선이 닿을 리 없는 어두컴컴한 계단 끝에서 표정도
없이 나를 안고 울고 있는 너를 훔쳐보면서

이럴 리 없다고, 나는 생각했다

## 고백

그는 내가 진심이 없다고 했다 결국엔 섹스가 목적이지 않냐고 말했다

새벽 세 시, 두 사람 뿐이다

나는 그가 없어 아프다고 말하지 않았다 나는 그가 힘들기를 원치 않는다 그가 편히 잠들 수 있는 베개가 되기를, 포근하게 그를 덮는 이불이 되길 원했다

"답답해요. 이것 좀 벗겨줄래요?"

그가 한 말이었다 그는 침대에 얼굴을 파묻고 블라우스를 허리 위로 걷어올렸다 나는 버클을 풀고 그를 안심시키려 다리 밑에 깔린 속이 비치는 이불을 가슴 위로 끄집어올려 덮어주었다

그는 나를 돌려 목을 감싸준다 아기 볼처럼 보드레한

살내음에 혼란스런 그 순간 붉게 물든 그의 입술이 내 입술 위로 미끄러지듯 포개졌다

"달궈주는 거야?"이렇게 묻는 내가 있고,
"달래주는 거에요."라고 답하는 그가 있다

나는 그의 웃음을 믿었다, 믿어버렸다
그가 "좋아요"라고 말할 때마다, 내 사과를 받아주는 것만 같아 귓속말로 서로의 몸을 적셨다
촉촉해지는 입술은 모든 굴곡에 온기를 나누려는 듯 입을 맞췄다 한 사람 몫의 침대는 점점 더 크게 출렁이고 파도에 휩쓸린 나와 그는 이불 밖으로 겨우 고개를 내민 채 가파른 숨을 나눠마시며 서로를 끌어당긴다 나는 순종적이고 그의 말을 잘 따른다

내가 그의 볼을 쓰다듬으며"사랑해."라고 말하면, 그는 "알겠어요."라고 대답한다 창문 틈으로 빛이 스며드는 것을 지켜보면서 나는 불안해지고 이마를 맞댄 그녀의 숨소리가 꿈이 아니기를 빌었다

오전 여덟 시 삼십 분, 그는 나를 후회한다

그것을 지켜본 내가 거절하지 못한 나를 원망하는 동안, 그는 빈 방에 날 남겨둔 채 사라지고 없었다

그저 따사로운 햇살이 그의 미소를 비추는 것을 지켜보고 싶었을 뿐이었다, 한낮이 흘러가는 지루함을 함께 견디고 싶을 뿐 결말이 될 한 문장은 그의 책상 아래 서랍 안에 숨겨놓기로 한다

따뜻한 온기가 실내를 가득 채운다
지워지지 않는 온기다

## 세상은 넓고 사람은 많지만

이것은 사랑 시가 아니야. 이를테면 작별인사 같은 것

　몇 년 후 잊혀질 이 골목길을 생각하면 아담한 거리의 식당에서, 술집에서, 끌어안고 입 맞추던 작은 방에서 우리가 함께 듣던 가슴 시린 노랫말이, 새벽을 깨우던 찹쌀떡 파는 소리가 어디로 흩어질지 궁금해져. 늦은 새벽 잠이 안 와서 함께 걷던 언덕길을 오르고 너를 닮은 아이가 앉아있던 캠퍼스의 나무의자에 앉아 눈을 감고 내가 빠진 너의 오늘을 상상하지 마주보며 떠들어댄 많은 말들이, 심장소리에 잠들지 못한 여러 밤들이 지금쯤 어디에 머물고 있을까 귀뚜라미 소리에 귀 기울이면 처음 맛본 달콤한 과즙처럼 너의 입술을 입안에 머금고서 따뜻한 입김을 부드러운 숨소리를 천천히 만끽하던 지난 하루가 생각나더라"부드럽고 촉촉해. 입술."부끄러운 속삭임에 안심이 됐던 하루의 끝이 생각이 나면 유쾌하고 따뜻했던 그날 밤들이 그리워지고 우리의 포옹은 잔잔하고 다정해서 오늘이라도 다시 시작

될 것만 같은데 비가 올 때마다 무거워지는 걱정처럼 커피숍 창가에서 널 기다리고 옥탑방 침대에 누워 연락을 기다리다가 잠이 들고 네 발걸음에 놀라 뛰쳐나가고 가장 아픈 말에 찔린 상처를 꾹 누른 채 심호흡을 연습하고 그렇게, 허무하게 끝나버린 이야기를 내버려두고 있어. 어여쁘고 조그마한 안정제가 전부 사라지면 나는 더 나은 인간이 되기 위해 노력하겠지. 때로는 사서함에 우편물 대신 초콜릿을 넣어두고 그것이 너의 혀에서 전부 녹아내릴 때쯤 너도 내 생각이 조금은 나기를 기도하면서.

한때 대학생이었던 그 시절을 떠올리며 어쩌면 '응답하라 2018'과 같은 클리셰의 글을 쓸 지도 몰라 너를 짝사랑한 남자 주인공이 마치 네가 좋아하는 영화 결말처럼, 우리들은 꿈을 이뤘고 지금의 생활이 만족스럽다고. 그거면 충분하다고. 아마 그럴 거라고. 이런 대사를 읊조리는 날이 오겠지. 시간이 남아도 쉬지 못해 아파하던 내게 안정제가 되어준 네게 "사랑해"가 아닌 "고마워"라고 말하는 날도 분명 올 거야. 그땐 정말 아무런 사이 아닌 사이에 아무렇지 않게 서로 웃으면서 인사하겠지. 그러니 잠시만 이 마음. 같이 읽어줄래? **생일 축하해.** 오늘도 외롭지 않게 사람들에게 사랑받는 하루 보내기를. 진심으로 기도할게.

## 결말에 새 이야기가 시작된 순간 그것은 더 이상 결말이 아니게 되니까

그 아이의 남편이 되고 싶어서 나는 그 아이를 엄마라 부르는 딸을 영화에 등장시켰다 그 아이가 낳은 그녀를 묘사하다 보니 그녀는 정말로 아름답게 자라서 그아이를 닮았고 나는 그 아이를 닮은 딸의 아버지였다

"네 엄마는 사랑에 충실한 여자였어 라라랜드라는 제목의 영화를 좋아했고 주인공의 삶을 동경했지

(영화 이야기를 조금 더 해볼까)

여자 주인공 미아는 사실 남자친구가 따로 있었어 영화 중간에는 남자친구와 밥 먹다 말고 남자 주인공 세바스찬을 만나기 위해 자리를 박차고 뛰쳐나가지

남자친구와 헤어졌는지, 헤어졌다면 그게 언제인지 언급되지는 않아 다만

'언제나 자길 사랑할 거야'라는 명대사도 그저 오역일 뿐 어쨌거나 그녀는 파리로 떠나버렸어 그저 언제나 너를 사랑한다면서

사람들은 그런 것은 기억 못하지 그들에겐 그저 낭만적인 사랑

만약 세바스찬에게 미아를 뺏긴 남자친구 시선으로 이야기가 전개된다면 그 영화 참 볼 만할 거야 만약 세바스찬을 잠깐 가지고 놀다 내팽개치는 이야기로 영화가 그려진다면?

고향 집 앞에 도서관 하나 있다는 것만 아는 세바스찬이 그녀 집을 찾아오는 장면은 분명 소름끼치게 무서운 호러물이 되겠지

나도 알아 그 아이는 날 너무 쉽게 생각했고 농락당한 나는 화가 많이 났지만 그럼에도 그 아이는 미치도록 예뻐서

그 아이를 떠올리며 글을 썼고 책은 결국 나와버렸지

아직도 가끔씩 두근거림을 못 견딜 때가 있어 사람들 모두 그 아이가 나쁘다던데 나 혼자 왜 이렇게 아픈 걸까 억울해지면서

아무튼 딸아. 그 아이와 나는 그렇게 만났고 네 엄마를 아주 많이 사랑했단다"

영화가 끝났을 때 그 아이 엄마의 웃음 소리가 들렸다 화를 내는 딸에게 엄마가 뭐라 잔소리하는 소리가 들렸만 그것은 내 근황과는 무관한 일이었다 그 아이에게 이 영화의 결말을 보여주고 싶었지만 나는 그 아이가 실제로 있는지조차 알 수 없고 이 영화의 결말은 아직도 잘 모르겠다

어떻게 그걸 모르냐고?

# 증언

너를 만나러 가는 길이다 약속 시간보다 일찍 마주친
다 '그래, 조금 이따가 보자.'예측을 벗어난 인사, 이러
고 싶지는 않았는데

암막 커튼을 쳐도 실내에는 밝은 꿈이 가득하다 건물
옥상까지 웃음소리가 밀려오고 나는 사소한 대화를 연
기할 자신이 없어진다

이불을 머리 위까지 끌어올린 뒤 목소리로 편지를 썼
다 심장의 압박을 입술 밖으로 계속 토해내면 신열이
난다 살갗을 저미는 뭉근한 마음이 그저 가을이기를,
단순히 계절의 성질이기를

열이 심해지면 약속을 어겨도 사람들이 이해해줄 것
이다

Siri가 나를 깨우면 해야 할 일은 감정을 최대한 줄

이는 일, 에이에스엠알을 틀어놓고

　물이 유리 잔에 따라지는 소리, 바둑알 잘그락 거리
는 소리, 사그락 사그락 연필 깎이는 소리, 그리고 너.

　침묵을 채우는 소음에 귀 기울이면서 건조한 종이 위
에 후우- 잇김을 불고 따뜻한 발음을 새겨넣었다 또박
또박 나의 글씨체는 어른스럽지 못해서 기록된 모든 말
과 행동이 사랑받지 못할 것이다

　그럼에도 이렇게 계속 쓰는 까닭은

　사람들이 건물 밖으로 나가는 소리가 들린다 이 글을
반으로 접어야 할 시간이다 나는 일어설 것이고 편지가
든 봉투를 바지 주머니에 넣을 것이다

　(아, 근데 그게 지금이구나)

　바지를 짓누르기에 봉투를 꾸겨넣었다 앉을 때마다
허리 숙일 때마다 편지는 찌그러졌다 네가 있는 자리에
서 무언가 재미있는 게임을 한 것 같은데

꿈에서 깼을 때 부끄러워지는 것은 나였다

불을 켜보니 책상 위에는 꾸깃하게 반으로 접힌 편지
지가 놓여있다 편지지에서 비누냄새가 나는 것을 너는
믿지 못할 것이다

잠든 사이 실내가 비누향으로 가득 채워진 것을 알고
문을 연 순간

긴 복도와 문이 잠긴 방이 나온다

시선이 닿을 리 없는 어두컴컴한 계단 끝에서 표정도
없이 나를 안고 울고 있는 너를 훔쳐보면서

이럴 리 없다고, 나는 생각했다

# 신기루

책을 읽다가
그림을 봤다

여자는 남자에게 머리 묶는 법을 설명해줬다

1. 머리카락을 이렇게 뒤로 쓸어넘기고
2. 뒤로 넘긴 머리를 예쁘게 묶으면 돼요.

남자의 서툰 손이 머리카락 사이사이 포개진 순간,
여자는 눈을 질끈 감고 미소지었다

(설렘은 정말 그때 뿐이었을까)

예쁘게 묶는 법을 연습하는 장면에서 다음 장을 펼치면
때 묻은 흰 종이와 글씨가 지워진 흔적뿐이다

낯선 침대 위에 불던 바람은 전부 잊어야지

맥락없이 한 번에 쓴 편지처럼 서둘러버린
싸구려 사탕같은 로맨스다

(거짓말 치지 마 너 이 글 쓰면서 울고 있잖아)

늦은 저녁이 되면
날이 춥던 날 꼭 껴안던 이불을 빨고
설명서 없이 함께 조립한 의자를 분해해야지

새벽에는 집을 나섰다
두 사람이 손을 잡고 걷는다
마주쳐도 더 이상 슬프지 않은 풍경이었다

두 사람을 지켜보는 사람은 하나도 없고 거리에는 단
둘 뿐이라서

# 종강

날이 추워질수록 정전기가 일었다 자주 손을 씻었고

바닥에는 여전히 긴 머리카락이 굴러다녔다 옛 애인의 것은 아닐 것이다

쓸데 없는 지식을 받아적으며 비 내리는 소릴 들었다

캠퍼스로 가는 언덕에는 민트색 우산을 함께 쓴 남녀가 팔을 맞대고 걷고 있었다

신발이 젖은 두 남녀가 아무 말 없이 서로 안아줬으면 이번 학기가 조금은 행복했겠지

사랑은 늘 정답이지만 너는 시험범위를 벗어난 과목 기회는 한 번 뿐이니 경솔하게 찍지 말 것 어리숙한 소년은 여러 번 실수를 했고 오답을 고칠 겨를도 없이 연필은 부러졌다 시험이 끝난 복도에서 교복 입은 아이들이 까르르 웃고 있었다 비좁은 길을 역행하면

팔이 자주 스쳤고 온기에 심장이 베일 수 있다는 사실도 처음 알았다

나무는 흔들리고 따뜻한 피가 계속 흐르고 너를 닮은 계집애들이 자주 보였다 그러나 더 이상 따라갈 수 없

었다 알코올과 수면제를 먹지 않고 잠이 드는 일 먼 길을 돌아가는 길이 익숙해졌지만 여전히 옆을 스쳐가는 네가 보이면 한 점의 빛 하나의 픽셀이 될 때까지 멈춰있었다 입구는 하나 사람은 둘인데 더 먼 길을 찾아야 하나 피할 방법을 고민했지만 그건 마치 하나의 계절 같아서 어느 것 하나 쉽지 않았다

지하철 역 앞에서는 떨어지는 낙엽을 자주 잡았다 앞으로 한동안은 플라토닉 애정표현만 지속하자는 예쁜 고백 한 마디가 꿈의 전부였고 그러나 슬픈 소설에서 나는 못난 악역을 맡았다 또 한 번의 문 열리는 소리가 들린다 나는 쓰던 일기를 멈췄지만 문을 열지 않았다 하느님을 떠올린다 나쁜 악당이 주인공이 되려면 한없이 착해져야 하니까

모든 말과 행동이 감점사항이라면 시험 끝날 때까지 답안지를 백지로 둔 채 책상 위의 시간을 견뎌야 한다 하지만 그러지 못할 것 같다면

그것이 겨울이 끝나갈 무렵 주인공이 희생될 이유다 그것이 이 소설의 결말이니까

# 병문안

이방인이 되어버린 소녀가 사는 곳이다
이곳은 시린 온기를 지니고 있다

여기서 나는 어린 소녀가 끓여주는 라면을 먹고, 입을 맞추고, 잠든 소녀를 깨우고, 씻고 나온 그녀의 머리를 닦아준다

한 계단 아래에 있는 이곳의 웃음소리, 문 열리는 소리에 이끌려 두드리려는 손목을 여러 번 움켜쥔 것 같다

"8월과 9월은 없던 날로 칩시다"

없는 사람이라 생각해달라던 소녀가 내 발소리를 의식해 문을 닫지만 나는 그곳에 사는 소녀를 기억 못하고

소녀도 나를 곧 잊을 것이다 비좁은 옥상의 답답한

어둠이

 계속 나를 잠들게 한다

 잠이 들면 문이 열리고 닫히는 소리도, 계단을 오르는 발자국도 들리지 않는다

 (소녀는 나를 힘들게 해 아니, 힘이 나게 해)

 나는 이렇게 열정적으로 소녀를 적어 소녀를 지운다 매일 울고 떠올린다 잊은 줄 알았던 쇄골의 촉감이 입술 위해 선명해지면 나는 꿈을 내려놓지 못하고 수업을 들으면 소녀를 옮겨적고 밤공기가 스며들면 창문을 닫는다

 불이 꺼지면 나를 닮은 공허함이 이곳에 있는 것 같다

 소녀가,
 창문을 열고 밤새 연락을 기다릴 수도 있을 것 같다,
나를

 기다리면 심장이 아파지니까, 나는 글을 쓰게 되고

시간을 잊게 되고 꿈을 지우게 된다 내 꿈이 되어버린
소녀와 악수부터 나눠야지, 천천히 시작해야지

 이곳은 내가 천천히 스며드는 밤이다

 불규칙적인 심장소리가 가을에도 멈추지 않고 작은
방 곳곳에 번진다

## 변함없이


기다릴 수 있을 거야
보름달이 반복될 때까지
잠시만 더 시간을 줘
반토막 난 달이 전부 어둠 속에 잠길 때까지

아니,

쓰다 만 편지를 서랍 깊숙이 넣어둔 것이 잊힐 때까
지만

그렇게 계절이 한 번 바뀌고
한 달 동안 기침이 나기도 하겠지만

나는 또 그럴 거야

똑같은 자리에서 익숙한 구도로
별이 반짝이는 것을 바라볼 거야

소리 없이 고요하게
빛의 속도로 날아와서 나를 관통해버린

너처럼

이런 시는 오글거려서 못 쓰겠다던

나처럼

# 생각 속의 소녀

미소도 없고, 눈물도 없는
소녀였다
꿈에서 눈동자 색을 제대로 본 적이 없다는 것을
뒤늦게 알고 슬펐다

소녀는 입술이 촉촉하다 소녀는 부드럽고 푹신한 볼
을 가졌다 소녀는 사막여우 같은 표정으로 나를 올려다
본다

새하얗게 표백된 셔츠처럼 깨끗하고 선명하게 하품을
한다

소녀와 나는 짧게 사랑을 나눈 뒤 늦은 저녁을 먹고
허리를 주물러주고 어깨를 꼬옥 안은 자세 그대로 조용
히 잠든다 섬세하게 새근거리는 숨소리에

나는 마음이 편안해진다

사랑에 실패했지만 나는 소녀가 사는 세계를 보존한다 소녀가 담긴 장면을 전부 포획하는 동안 소녀는 침묵으로 대답한다 저런,

사랑의 결말은 늘 이별이다

소녀는 내가 가는 곳이면 어디든 따라다닌다 언젠가 나와 손을 잡고 공원을 산책하고 늦은 밤 함께 영화를 보고 내가 준 두꺼운 이불을 덮고 누워 내 연락을 기다린다

내가 소녀를 만든 것이다

기억에 없는 상상이 쌓여 갔다 침대에 나란히 누워 소녀의 머리를 쓰다듬은 새벽이 하루 이틀 사흘 혹은 그 이상 아니,

이것은 기억에 있는 얘기고

소녀가 딱딱해진 내 위로 올라타기 직전, 생각을 멈췄다 소녀는 석탄처럼 침대 밑으로 가라앉는다 신기한

일은 아무리 딱딱한 침대 위에 누워도 미지근한 소녀의
온기가 여전히

　가슴 한켠에 남아있는 것이다

　소녀는 분명 내게 하지 못한 말들이 많은 것 같은데
나는 소녀의 세상에 없는 사람이라 물어볼 방법이 없다
소녀 허락없이 그린 소녀가 이 글을 싫어하는 게 느껴
질 무렵

　소녀의 방에 불이 꺼진다

　날이 추워질수록 너무 빨리 시작해서 너무 빨리 끝나
버린 소녀와의 기억이 뭉근하게 부피를 더했다, 선명해
지는 감각에

　머리가 터질 것 같다

## 마니또

프로필 사진에 너의 멋진 미래를 그려넣을 것이다 전에 없던 표정들을 준비해서 첫 인사에 수줍게 꺼내놓을 것이다 예쁘게 자란 상상이 하루를 채우는 동안 문 앞에는 왼손으로 쓴 편지가 놓여있을 것이고

"우리 오늘 하루만 예쁘게 바라보자. 처음처럼"

이렇게 말하며 술잔을 들고 떨리는 손을 내미는 내가 있을 것이다

초대받은 파티에서 오래 전 쫓겨난 나는 이야기가 새롭게 시작된 것처럼 느낄 지도 모른다 여러 사람의 웃음소리가 두 사람을 두르고 있고, 시선은 천천히 너의 볼에 닿을 것이다 손가락으로 꾸욱 한 번 눌러보고 싶은, 머리를 묶어주다 갑작스레 안아주고 싶은 그런 장난스러움을 떠올리는 것이다

그러면 눈물이 흐른다 꿈을 잊고 어른이 된 너는 매일 웃는다

이곳에서 얼마나 많은 꽃이 피고 불이 났는지

너는 잊을 것이다 미숙하고 유치했던 기억들은 나의 안에서 재구성 될 것이고 나는 어느 천재 시인이 짝사랑했던 여자를 떠올리며

"내 차례에 못 올 사랑인 줄은 알면서도, 나 혼자는 꾸준히 생각하리다. 자 그러면 내내 어여쁘소서"*와 같은 시를 쓴 것처럼, 그렇게 할 것이다

그러면서도 스물 일곱 살에 죽지는 않을 것이다 낭만을 욕하지도 않을 것이다 허공에 소멸하는 무수한 별빛들을 받아적고 너의 표정을 기억하지 못할 때까지 노래할 것이다 너의 고독과 슬픔은 고백으로 물들어, 내일 날이 밝기 전에 평화롭게 잠드는 위로가 될 것이다

그리고 따뜻해진 표정을 바라보면서 나는 무심코 입술을 맞대는 것이다 눈 감은 모습 그대로 평온하게 잠이 든 채

달빛에 스며든 그대의 그림자에

문이 열려 있고 너의 볼은 흠뻑 젖어 있다 마니또를
불러주기 전까지 나는

들어가지 못할 것이다


*이상, 「이런 시」

## 착각


처음은 도중에 멈췄고, 두 번째는 나쁘지 않고, 세 번째는 아팠고, 네 번째는 실수였고, 그 모든 것은 착각이었다

쓰다가 쓰다가

우리 사이에 있는 많은 문장을 지웠다



나는 아직 네가 없는 시를 쓰지 못하고, 여전히

네가 너무 아프다

## 딸기맛 우유

선반 위에 바나나맛 우유가 놓여있다 그것은 바나나
우유가 아니다 바나나맛 우유는 두 개를 사면 한 개를
더 준다 이번 달 말까지 딸기맛 우유는 그렇지 않았지
만 집어 들었다 내가 좋아했던 사람이 좋아하는 맛이다
딸기맛 우유에는 토마토가 함유되어 있군 원재료 중 딸
기가 차지하는 비율은 0.11% 뿐이다

빙그레는 순우리말

뾰족한 빨대로 내려찍으면 명쾌한 소리가 난다 반복
하면 소리가 점점 줄어들지만 실내에 향기가 더 빠르게
번진다

우유를 마시면 딸기를 닮은 향기가 입 안에 스며드는
것 같다

딸기맛은 땅 속에 심어도 부패하지 않고 오랜 시간
보존된다 우유 안에는 씨가 하나도 없어서 입 안에 머
금고 혀를 움직여봐도 밀도있는 부드러움만 느껴질 뿐

이다


 딸기맛은 다 마신 뒤에도 입 안에서 맛이 난다 찬 우유를 마셨는데 몸이 따뜻해지고 배가 부르다 나른해지는


 그것을 그냥 딸기맛이라고 믿기로 한다, 그러면 내가 좋아했던 사람이


 빙그레 웃는 소리마저 듣게 될지도 모르니까

# 숙제

신부를 떠올리며
착각을 유도하는 방정식을 증명하려던 참이었다

빈 강의실 칠판에는

마니또를 동물로 묘사해서 제출하라는 글이 적혀있었
고 선생님으로부터 내일까지 시 한 편을 완성하라는 연
락을 받았다

넥타이를 조이면

목을 움켜쥔 채 놓지 못하고 떨리는 두 손이 연출되
고 숨 쉬기가 어려워지면 문득 살아있다는 느낌이 든다

넥타이를 고쳐매며
더 이상 사랑하지 않는 사람을 떠올렸다

결혼식장이었다 내가 나쁜 마음을 먹으면 모두를 속일 수 있지만, 나는

솔직해지기로 한다

신부가 생각과 다른 표정을 짓고 있어 사랑스런 강아지 같다고 말했다 "왜요?"
강아지를 보며 사랑스런 강아지같다고 말했는데 왜, 냐고 물으면 나는 어떤 표정을 꺼내놓아야 할지 퍽 난감해진다

방정식을 증명할 방법은 의외로 쉬웠다 그것은 수많은 할 일을 하나로 뭉뚱그리는 것, 보고 싶은 부분만 보게 하는 것, 해석하고 싶은 대로 해석하도록 방관하는 것, 다만

마니또와 사랑하지 않는 사람은 같지 않아서 나는 마니또 대신 사랑하지 않는 사람을 묘사하기로 한다

짧은 여행을 마치고 돌아온 방에서 나는 약간의 어지러움을 느낄 것이다

"같이 산책할래요?"
묻는 강아지 신부에게 괜찮다고 답한다

푹신하게 출렁이는 침대, 위에는 강아지 신부가 평화롭게 잠들어있다 그것은 강아지가 아니었지만 나는 그것을 강아지라고 부른다 강아지는 나를 보고 짖지 않는다, 나는

고개 돌린 강아지를 안지 않았다 쓰다듬지 않았다 다가가지 않았다 방에는 나밖에 없고 강아지와 눈이 마주쳤는데도 그랬다 강아지는 사실 지금도 자고 있을 것이다, 나는

강아지에게 거리를 두기로 한다

신발을 벗지 않고 조용히 문밖을 나섰다 강아지는 지금 많이 혼란스러울 것이다 나는 착각을 유도하고 공식을 증명하는 사람

증명은 이미 끝났다
나는 여전히 마니또와 강아지를 사랑한다
사실 이 둘은 동일인물이다

# 인사

"아빠."

무서운 느낌이 들었지만 뒤를 돌아보았다 딸이 없는 것을 알면서도

불빛도 소리도 없는 도로였다 정지된 화면같이 고요한 어둠 속에서 몇 걸음 떨어진 거리에 작은 소녀가 서있었다

그럼에도 소녀의 작은 얼굴에서 눈물이 뺨을 타고 흘러내리는 것을 볼 수 있었다 나는 그것이 마냥 신기해서 대답도 잊고 그저 바라보았고

소녀는 가까스로 입을 열었다 아무런 소리가 나오지 않았지만 소녀의 말이 선명하게 전해진다 그저 입모양을 봤을 뿐인데

"아빠가 약속을 늦게 지켜서 엄마가 많이 힘들었대
요."

"약속? 무슨 약속? 그리고 엄마는 누군데?"

목소리가 나오지 않았다 나는 당황했지만 소녀는 들
리지 않는 소리마저 들었는지 손가락으로 허공을 가리
키고 있었다 건물의 실루엣이었다

낯익은 건물에 시선이 닿는 순간 알 것 같았다 엄마
가 누구인지 알 수 있었다 왜 소녀가 소리 내어 울지
못하는지도 그리고 언젠가 내가 저곳에 머문 적이 있다
는 사실까지도

"이러면 안되는 거 아는데. 인사하고 싶었어요. 저는
곧 죽을 거에요. 그러니 잠시만 손 잡아줄래요?"

그 말을 듣고 나는 울어버렸다 죽는다는 말이 너무
무서워서 소녀가 존재할 수 없는 이유를 알 것 같아
두려워져서

눈물이 흐르는 느낌이 들자 눈이 떠졌다

소녀를 닮은 소녀가 품에 안겨 평화롭게 잠들어 있었다 목덜미에서는 익숙한 냄새가 났고 나는 습관처럼 가슴을 소녀의 등에 가슴을 맞대고 휘어진 어깨에 입을 맞췄다

이윽고 심장 뛰는 속도가 비슷해진다 그러면 조금은 안심이 되지만

소녀를 안은 채 잠드는 밤이 마지막임을 알고 있었다 눈물이 멈추지 않았지만 목소리가 나오지 않았다 소녀가 다시 눈을 떠버릴 까봐 떠나버릴 까봐 겁이 나서

나는 잠든 소녀의 숨소리가 가라앉는 것을 바라보며 두 사람 사이에 존재할 리 없는 소녀를 떠올렸다

꿈속에서 소녀의 손을 잡아주지 못한 것을 떠올리면서도

소녀가 죽지 않고 살아있어서 다행이라 생각했다

포개진 손에 힘을 빼자 소녀의 작은 손가락이 천천히

움직였다 손끝에서 맥박마저 느껴졌고 그것은 꽤 두근 거렸지만 거기에는 어떠한 기쁨도 없고

언젠가 품에 안긴 소녀의 어깨를 토닥이며 웃을 수 있을 때 만나러 가겠다는 약속을 한 것 같은데

아무 말 없이 보듬던 그날마저 꿈이었는지 기억이 잘 나지 않았다 잠결에 불규칙한 호흡과 함께 흐느끼는 한 숨소리 비슷한 것을 들은 것 같은데

나는 소녀가 곧 눈을 뜰 것을 알고 있었고 그것이 마 냥 아프고 슬펐다

창문이 조금씩 밝아지고

인사를 할 시간이 다가오고 있었다

# 반성

당신을 닮은 꿈에 계속 머물고 싶어 시작한 여행이 이렇게나 먹먹하게 끝이 났다. 내가 잘 알지도 못하는 당신을, 잘 알지도 못하면서 성급하게 상사병 비슷한 것을 앓은 것 같다. 나는 이 모든 일들이 사랑 아니면 여행이라고 생각되었다. 간지러운 당신의 미소를 어루만지던 순간들. 그것을 주워담는 모든 과정에 작은 행복을 느꼈다. 잘못을 뉘우친다한들 이 마음이 당신에게 닿을 리 없지만, 사소한 상처로 기억되기까지는 분명 오랜 시간이 걸리겠지만, 나는 몇 번이고 스스로를 아프게 하며 매일 떨리는 손을 내밀 것이다. 시간이 흐르고 흘러서 지금과 같은 계절이 돌아올 때까지. 그 즈음에는 행복한 우리가 되었으면 좋겠다. 나는 당신의 아름다움을 닮고 싶어 감히 신을 흉내내었다. 하지만 결국 나는 없는 것을 창조해내지 못했고 그저 당신의 표정과 서툰 나의 감정을 있는 그대로 옮겨적고 말았다. 만약 당신이 아직 내 옆에 있어준다해도 차마 고맙다는 말은 하지 못할 것이다. 그러기엔 잘못이 너무 많은 나라서. 그저 몇 번이고 따뜻한 당신의 맥박소리를 귀 기울이고 싶다. 혹은 당신의 심장소리가 잔잔해질 때까지 말 없이 안아주고 싶다. 이 따위 문장이나 쓰고 앉아 있을 것이다. 겪어본 적 없는 사춘기마냥 고작 이런 글밖에 쓰지 못하는 나도 내가 밉지만. 이 마저도 당신에게는 마냥 고맙고. 미안하다는 말을 더는 할 수 없을 만큼 같은 실수를 반복했던 나라서. 여전히 당신을 걱정하고 사랑하고 있다는 말을 삼키는 순간이 또 올 것 같아서. 그래서 이 책은 결코 반성문이 될 수 없는 것이다. 그저 서툰 마음에 망쳐버린

준비가 덜 된 발표같은 한 권의 짝사랑이었다.

# 이 별

이것은 날씨에 관한 이야기. 창문을 열자 흐린 잇김이 담배연기 같이 번진다. 흐느끼는 소리가 다른 방에 닿게 될 것이 무서워진 그는 밝은 노래를 틀어놓고 큰소리로 웃고 있었다. '너를 만나 / 그 이후로 / 사소한 변화들에 행복해져' 이런 가사가 침묵의 무게를 덜어주고. 흰 연기를 내뿜던 맥주 병에 담긴 술이 미지근해지고 나서야 그는 펜을 들 수 있었다. 밤이 너무 길어서 괴로운 계절. 날이 밝기 전까지 그는 심장에 가까운 이야기를 솔직하게 적을 자신이 없어 속마음을 구름에 빗대어 표현하였다. 바람에 흩날리는 눈이 시야를 가리듯 손에 잡히지 않는 어둡고 투명한 문장들. 평범한 대화에 관한 기억과 사소한 표정의 변화가 조심스레 빚어졌다. 그의 꿈에서는 여전히 잊혀지지 못한 그녀가 나왔다. 기타 선율에 그녀의 눈동자가 또렷해지는 순간. '아직도 널 사랑한다'는 목소리에 잠에서 깬 것 같다. 세월이 곧 약이라던데. 몇 밤을 더 뒤척여야 이루지 못할 꿈에서 깰까. 깨트리고 싶었다. 창밖은 여전히 어둡고 이불은 창밖에 내놓은 빈 병 같이 차가웠다. '할아버지 가 돌아가셨다' 라는 문자 메시지에 그는 조금 놀라긴 했지만 눈물이 나지는 않았다. 샤워를 한 뒤 추위를 견 디면서 날씨를 확인할 뿐. 그는 알고 있었다. 학교에 3 일 동안 가지 않아도 된다는 사실을. 서두를 필요가 없 어진 그는 다시 불을 끄고 침대 위에 누웠다. 부모님한 테는 학교 수업 때문에 저녁 늦게 가야 할 것 같다는 문자를 보낸 뒤였다.

*

"겨울이 시작되고 있네." 늦잠을 잔 그가 혼잣말을 내뱉었다. 그는 11월이 끝나도록 봄이 올 것을 걱정했 다. 겨울이 끝나면 방을 빼야 하고. 방을 빼면 회색으 로 물든 눈이 왈칵 녹아내리듯 공간과 사람에 관한 추 억이 흐린 색으로 바랠 것을 알고 있었으니까. 짝사랑 하는 사람의 생일 날. 그가 해줄 수 있는 가장 큰 선물 은 아무 것도 하지 않는 것이었다. 가만히 웃는 그녀를 바라보는 것도 더 이상은 꿈꿀 수 없는 일이었고. 그는 이미 자신을 짝사랑한다던 어린 후배의 고백을 받아들 인 뒤였다. 좋아한다는 그 마음이 미안해져 고백을 받 아들이는 선배의 마음은 오죽했을까. 도무지 따뜻해질 가능성이 보이지 않는 한낮의 겨울. 뒤늦게 힘겹게 일어나 체온계를 확인하고서야 그는 자신이 지금 아프다는 사실을 깨달았다. 애인이 된 후배에게 전화가 몇 번 왔지만 아프다고는 말하지 않았다. 사랑하지 않는 사람을 헷갈리게 만드는 건 정말 나쁜 짓이니까. 고작 며칠 앓고 나면 끝날 아픔이었기에. 그는 3℃만큼의 신열이 참 만만하고도 우스웠다.

*

"오늘 또 시 한 편 나오겠네." 짝사랑하는 그녀가 마지막으로 던진 비수같은 한 마디였다. 그래서 한동안 아무런 글을 쓰지 않았다. 내 시에서 그녀가 또 나올 것만 같아서. 원치않게 그녀를 떠올리며 써버린 글을 네가 많이 싫어할까봐. 얼마 전에는 더 이상 당신을 사랑하지 않는다고 거짓말했는데. 이런 내 진심에 그녀는 고맙다고 말하더라. 잘 지내라는 말과 함께. 나는 여전히 그녀가 보고 싶고. 불을 끄고 커피를 마셔도 그녀의 웃음소리가 선명하게 들려. 그러면 새하얀 운동화를 신고 새벽의 거리를 걷던 어느 늦은 여름 밤이 떠오르지. 가장 슬픈 것은 더 이상 그녀가 다른 누구와 밤새 술을 마시고 웃고 떠들어도 화가 나지 않는 것. 나는 정말로 그녀를 사랑하지 않게 된 걸까. 마음정리가 그렇게나 힘이 들었는데. 그녀를 낯선 타인으로 상정하는 일은 이렇게나 쉽더라. 나는 네 말대로 정말 뭐든 생각대로 할 수 있는 사람인 가봐. 아마 이 편지만큼은 그녀에게 보여줄 일 없을 거야. 오늘은 그녀의 생일이고 아무 것도 않는 일이 내가 줄 수 있는 유일한 선물이니까. 그저. '늦었지만 생일 축하해. 내일도 외롭지 않게 사랑받는 하루 보냈으면 좋겠어' 라고. 마음 속으로 그녀의 안부를 물으며 행복을 기도하는 일이 나의 최선이니까.

\*

"우울한 시야?" 오랜만에 글을 쓴다는 말에 헤어진 옛 애인이 남긴 첫 마디였다. 그는 잠시 고민했다. 분명 날씨에 관한 시를 쓰려 했던 것 같은데. 눈이 내리는 소리에 귀를 기울이고. 창밖의 하늘에서 날카롭게 반짝이는 별을 보면서. 서늘한 공기를 한순간 빛나게 할 새벽의 반짝임을 묘사하려 했던 것 같은데. 창문을 다시 열어보니 빗소리가 들렸다. 어두컴컴한 햇살이 도로 위로 쏟아지고 있었다. "음. 아직은 잘 모르겠어. 끝까지 써봐야 알 것 같아서." 하지만 결국 그는 전송 버튼을 누르지 않았다.

\*

'잘 지내' 라는 한 마디.

이것이 독자들이 궁금해한 두 사람의 결말이었다. 결말이 바뀌거나 이야기가 새롭게 시작될 여지는 없고. 유난히 춥던 겨울이 끝난 뒤 두 사람이 마주치는 일 또한 마찬가지였다. 어쩌다가 지하철 같은 칸에서 서로를 알아볼 수 있을 만큼 떨어진 거리에 앉은 적이 몇 번 있었지만. 그러기엔 너무 오랜 시간이 흐른 뒤였다.

그는 이렇게 허무한 문장들로 결말을 채워넣은 뒤 자신에게 실망스러웠던 순간들을 후회하며 노트를 덮었다. 소중한 사람을 잃은 사람은 두 사람 중 과연 누구일까. 이것은 우울한 이야기일까 그렇지 않은 이야기일까. 정말로 이야기는 이렇게 시시하게 끝나버린 걸까.

그렇게.

덮힌 노트 틈새로 계속해서 문장이 더해졌다. 이것은 한 여름에 내리는 눈처럼 비현실적인 이야기. 따뜻한 문장이 써질 때까지. 그 문장들 중 하나가 읽는 이들의 마음을 녹일 때까지. 응원해줄 사람 하나 없음에도 펜을 놓지 못한 채 피곤함을 견디는 한 사람이 있다. 지금도 멈추지 않고 사랑했던 사람들에 대해 쓰고 있는 그를. 사람들은 시인이라 불렀다. 익숙한 소리가 들려 고개를 들면 어느덧 새벽 4시. 미화원들 아저씨이 쓰레기를 차에 싣는 소리가 창문 밖으로부터 선명하게 전해졌다. 연락이 오지 않을 것을 알면서도 사랑하는 사람의 전화번호는 여전히 지울 수 없었다. 사랑받는 꿈을 꾸기엔 유난히 추운 겨울이었기에. 몇 번의 새벽이 반복되고 지겨운 추위가 끝날 무렵이 돼서야 비로소 그가 스스로를 사랑할 수 있게 되었다는 얘기를 들었다.

(그러니까 당신도 스스로를 사랑하며 살아가기를. 진심으로 기도할 거야.)

## 대화

자취방에서 진지한 대화를 하고 나왔다 그것은 꿈에 관한 이야기였고 대화는 방금 막 알을 깨고 나온 새처럼 모든 것이 서툴렀다

짝사랑했던 이성과의 첫 마디는 늘 어색한 법

두 사람의 몸은 이미 취했지만 모든 것이 만족스럽고 대화가 끝났을 때 서로는 다시 한 번 일어선 채로 서로를 끌어안고 서로의 입술을 틀어막았다 목소리는 촉촉했고 미지근한 온기에서는 떨림마저 느껴지고

"너랑 매일 하고 싶어." 그녀의 속삭임에 남자는 혼란스런 표정을 지어보였고 내가 대신 대답을 했다
"그러면 앞으로 널 이성으로서 사랑해도 될까? 나도 널 내 안에 담고 싶은데."
"꼭 사랑해야만 그럴 수 있는 건 아니잖아."

이미 결론은 정해졌지만 그것을 차마 내 입으로는 말할 수 없고

옷을 입은 두 사람은 아무 것도 모르는 순진한 표정을 머금고 문 밖으로 나와 서로 다른 방향으로 걸어갈 것이다
그들이 언제 돌아올지는 알 수 없지만

내일 저녁도 둘은 오로지 대화에 집중하겠지 목소리가 거칠어지고 체온보다 높은 온도로 몸이 젖을 것이다 어쩌면 공감하고 교감하며 함께 우는 소리를 들을 수 있을지도

그래서 나는 내 옆에 아무도 없는 내일이 서글프다

(그것을 사랑으로 부를 수 없는 이야기가 씌여질 테니까)

# 택시 운전사*

눈썹 위에 희미하게 계급장 같은 상처를 지닌 후배가
침대 위에서 신음을 삼켰다. 세 줄짜리 손톱자국은 그
녀를 좋아했던 남자아이가 부모님 직업을 흉기 삼아 장
난으로 새긴 낙서였다. 수풀 사이 따뜻한 계곡으로 진
입하는 순간 그녀가 이야기한다. "싫어요, 선배. 노 콘
돔 노 섹스에요." TV에는 외국인 배우가 선명한 발음
으로 대사를 읊조렸다. "No Gwangju, No money."

꿈속에서 신문지에 싸인 새빨간 구두를 보았다. 인쇄
된 '5월 17일'이라는 글자가 군화에 짓밟혀 자국이 선
명해진 채 구겨져있었다. 인화된 소녀의 얼굴은 한 발
의 총 소리에 일그러졌다. 죽은 청년이 내게 묻는다.
야, 나 죽었냐? 너 아까 최루탄 맞고 쓰러졌잖아. 그
뒤로는 기억이 안나. 선배, 저는요? 너는 좀 전에 개머
리판에 머리 깨졌어. 근데 너는 왜 죽었냐? 저도 몰라
요 선배.

라디오에서 대한민국은 아무것도 모른다는 내용의 방송이 반복됐다. 군인들로 둘러싸인 병원에 탈출구는 없어보였다. 몽유병으로 격리조치 된 도시가 침대 위에서 밀려난 채 바닥에 나뒹굴었다. 전염병처럼 눈을 뜬 채 잠들어 버려지는 청년들이 많아졌고 그들의 혀는 딱딱하게 굳어갔다. 늦은 새벽, 군인 여럿이 여대생의 옷을 벗기는 장면을 목격했지만 그것은 꿈이었고 수십 년 넘게 아무 말도 하지 않는 사람들이 많았다 그저 꿈속에서 벌어진 일이니까

지지직거리는 헛소리에 눈을 뜨자마자 벌려진 다리 사이에 얼굴을 파묻었을 때. 화면 끄트머리에 적힌 숫자가 눈에 띄었다. 날짜를 읽을 의도로 자연스레 '십팔'하고 지껄이는 동안 TV에선 또 다시, "총을 쏜 적이 없다." "도청에 수많은 시신들이 마대자루에 둘둘 말렸다."와 같이, 영화에서나 볼 법한 말들이 선명하게 새어나왔다.

세상은 달라졌지만 변하지 않은 것도 있었다. "Because, my father was taxi driver." 상병 계급의 후배가 꿈결에 속삭였다. 골목에 뒹구는 축구공 같은 발음이. 불 꺼진 방. 이불 밑으로 고요하게 스며든

다. 거칠게 토해낸 변명을 흘려들으며, 나는 그녀의 앞날을 채색할 명도를 상상했다. 많이 어둡다. 다시 눈을 감았다. 등을 돌렸다. 손바닥 둘은 여전히, 서로의 몸을 감싸 안고 보듬었다.

그림자가 유난히 선명한 아침이었다. 뜨겁다 못해 따가운 햇살이 그녀의 흉터 위로 빛의 속도로 곤두박질쳤다.

* 2017. 장훈 감독의 영화

# 너는 내일 겨우 잊혀지겠지만

우연히 펼친 책 앞부분에 시인의 말이 적혀있었다 이
책은 그리움에 관한 이야기라고

책의 질감이 느껴졌으나 두께가 가늠이 되지 않았다
무게 또한 느껴지지 않았기에 이것이 단편인지 장편인
지 과연 완성이 되기는 했는지 마저도

작가는 불행하면 펜을 놓는다 그는 자신의 행복과 비
극의 서사를 맞바꾸는 자였기에


외로워진 당신을 내가 '우리'라고 불렀다는 문장을
읽고 그것이 내 이야기임을 알았다 너무 아름다워서 내
가 당신에게 썼다고 적힌 일곱 번 째 편지를 읽었다

내일의 내가 쓰게 될 네 번 째 편지를 옮겨 적는 동
안 손톱이 많이 자랐고


살아갔다, 살아있음을 증명하려 매일 밤마다 밥을 꼭
꼭 씹어 먹었다

마침내 짝사랑이 끝나버려서

우리가 우리가 되지 못한 순간들이 꽤나 많은 명사들
과 동사들로 구체적으로 묘사되어 있었기에
　책을 완성하게 될 사람이 나라는 걸 알고 무서워졌다

　화가 나서
　밤마다 나를 물어뜯는 연습을 했다 흐려지는 당신을
믿게 그리는 것보단 그게 나아서 그게 나라서

　이런 말을 읊조리면서

　"How can I do for you?" 낮잠에서 깬 당신이 영
어로 읽어주면 조금 더 반가울 것 같아서, 그럼에도 우
리가 이 책을 읽고 미소짓지 못하는 까닭은
　근사하게 포장된 뒷얘기들이 착각으로 지어지고 지워
졌기 때문 내일의 우리가 함께 구성된 하루가 너무 아
름다웠기 때문 너무 많은 장면들이 날카롭게 흩어져 우
리들을 상처입혔기 때문

　한 살을 더 먹어버린 내가 당신과 다시 포옹을 하고

어디선가 종이 찢는 소리가 들린다 짙어진 혐의, 당신의 손은 떨리고 있고 책은 반으로 줄고 읽지 못한 페이지들이 없는 그대로 사실로 물들어서

'우리'라는 단어에 더 이상 내가 포함되지 않는 것을 세드 엔딩이라 읽었다 구겨지고 구겨져서 주름이 가득한 것을 당신이라 부르고

깊어진 한숨, 쏟아진 눈물, 뒤늦은 반성을 지나

내가 당신의 품에 안긴 채 왈칵 울어버리는 마지막 페이지를 지나 평화롭게 잠든 당신의 어깨에 내 옷을 덮어주고 나갔다

닫힌 문 너머로

오라버니, 하는 소리에 뒤를 돌아보았다 문은 이미 잠겨있고 당신은 여전히 잠들어있다

이 책은 어디에서도 발견되지 않을 것이다

제2장

# 이것은 내가 아니고

# 성장통

졸업한 뒤에 일관된 형식을 따르게 되었다 그것을 인정하고 싶지 않았는데

이른 새벽 아이폰에서 나는 기계적인 알람소리라든가 퇴근길에 듣는 음원차트 1위라는 아이돌 노래

혹은 알맹이 없는 카톡방의 맥락 없는 메시지 같은 것

주말마다 밥을 굶고 늦은 오후 잠에서 깼다 석양이 지는 것을 보며 놀랄 일도 없이 놀란 표정을 짓곤 했으나 내 미래를 닮은 중년들 사이에서 짓는 미소보다는 자연스런 일이었다 해가 갈수록

존경하던 사람들을 잊어갔다 꿈은 원체 없었지만

사실 저는 외톨이이며 동시에 교제하는 이성이 자주 바뀌곤 합니다 예측을 벗어난 사랑앓이는 제 의지와 무관한 일

이 년 사귄 애인에게 명절 전날 이별을 통보했다가 다음 날 다른 집 여자의 방에서 함께 이불을 덮고 언제나 자길 사랑할 거야, 라는 고백을 한 적도 있었죠

이야기 전개상 그것은 이별을 앞둔 연인들 사이에나 어울릴 법한 대사였고 (아차, 결국 둘은 헤어졌지. 그러나 벚꽃이 만개한 만석공원을 순덕이와 산책하는 일이 익숙해질 때까지 그와의 연애는 지속되었다)

오늘도 지하철에서 만난 아나운서를 꿈꾸던 후배가 은행원이 되었다고 털어놓는 장면을 목격했는데요 그 모습마저 부러운 듯 눈길을 떼지 못하던 여대생의 시선을 느끼며 위안 받는 저는

도대체

주워도 주워도 끝이 없는 머리카락을 보며 헤어진 옛 애인들과 함께 꾸었던 꿈을 되새기다 펜을 집어 던졌습니다 어렸을 때부터 꿈이니 노력이니 열정이니 그런 말들 비웃는 척 하면서도 몰래 동경했거든요

지금은

한 달 전 읽던 책을 그대로 펼쳐둔 채 새벽마다 가까
스로 걸어나갑니다 사람으로 가득 찬 지하철에서 혀를
깨물고 버티면서도

부품같은 삶에 대해서는 떠올리지 않을 겁니다

# 인과 연

시를 읽고 싶어 시집을 펼쳤으나 단 한 줄도 읽지 못
했다
그리고 나는 불편한 것이다 시인들이 전부 죽어버린
채 오물을 자꾸 토하는 것이

졸업논문 텍스트로 삼아 단독으로 A+를 받은 시집이
었다 발표 당시,

나는 자만했고 교수님은 극찬했다
다른 학부생 논문들과는 체급 자체가 다른 글이라고

"자네는 분명 좋은 작가가 될 거야."

잘 알지도 못하는 교수님의 무책임한 한 마디에, 한
사람 인생이 망가지는 것은 한 순간이다
이 시인보다 내가 더 잘 써야지, 라고 생각했지만 뒤
늦게 똑같은 실수가 반복됐음을 발견해버린 것이다
내가 그린 문학은 파편적인 문장들의 나열에 불과했
음을

행렬을 바꿨지만 어떠한 맥락도 규칙도 없었다 그저 책이 나올 줄 알았다는 미래의 내 연인이 등을 토닥일 뿐

시 한 편을 외우면서 길을 걸었다 그러면 문득 무서운 생각이 들었다

불편한 일들이 많아졌다 확률을 더 이상 믿지 않게 된 것을, 세상을 바꿀 수 있을 거라 믿게 된 것을, 정말로 세상을 바꿔버릴 그 바보가 지금, 억지노력으로 사랑하는 사람의 인연을 거스르고 있다는 것을, 사랑이 이뤄지면 아름다운 소설을 쓸 수 있을 거라 확신하고 있다는 것을

그런데
그것이 먼 미래가 아니라는 것을

나는 한 권의 소설의 완성을 앞두고 있다

앞두고 있었다

# 마왕(魔王)

18년 전 스승의 날

누나가 차에 치여 죽었다는 소식을 들었다 함께 다니던 피아노 학원 앞에서였다 선생님 드릴 선물상자를 품에 안고 총총거리며 횡단보도를 건너다 화물트럭에 부딪쳤다고

몸이 동강났다는 목격담이

유명 연예인 결혼 소식처럼 학교를 떠돌았다

외숙모는 누나가 물어뜯어 코가 없는 곰인형을 안고 울었다

나는 왜 눈물이 나지 않았던 걸까 누나의 대왕딱지가 내 것이 돼서? 학교에 가지 않아도 돼서? 내가 감정이

없는 괴물이라서?


상복을 걸친 어른들이 거실에 둘러앉아 훌쩍이는 동
안 나는 누나 방에서 전날 배운 슈베르트를 연습했다


( 마이 빠-덜, 마이 파덜! )


유품이 된 건반 하나가 날렵하게 같은 음을 반복했
지만 검은 표정의 악마들이 속삭이는 소리를 어른들은
듣지 못한다


부모님은 며칠 뒤 보험금을 수령한다


아버지가 간단하게 싸인 몇 번 하자 통장 맨 앞에 없
던 숫자 1이 생기고


하지만 나는 몇 년 뒤 피아노 학원을 그만둔다 파산
신청서의 채권자 명단에는 은행 이름 앞에 홍콩, 상하
이 등 세계 여러 도시들이 적혀있었다


남몰래 한 아버지의 세계여행이 아시아에서 좌절되고
채권자들이 누나의 다리 한 짝, 손가락 한 토막씩 담보

로 쥐고 흔들 때마다 어머니는 아파트 계단에서 뛰어내
렸다

아버지가
누나를 팔아 주식을 산 것처럼 나는

죽은 누나를 앞에 내세워 남들보다 앞서갔다 선생님
들과 교수님들은 매번 안타까운 표정으로 상장과 장학
증서를 건네고 나는 두 사람 몫 만큼의 의미있는 하루
를 마감하지 못한 채 무기력하게 늙어만 갈 뿐

인생은 따분했고 공부는 시시했다 불 꺼질 때마다 나
오는 건 그저 한숨이었다

가끔은 꿈 속에서 누나를 만나기도 했는데 초록불이
깜빡이는 횡단보도에서 죽은 누나가 내 방문을 두드리
고 나는 문 밖에 죽은 누나가 서있는 것을 알면서도
문을 열고 말 한 마디 없이 내 손목을 붙잡고 펜을 쥐
어주는 누나를 바라보며 그저 멈춰있을 뿐이었다

학교 과제로 시를 써서 제출하라는 말에 나는 결국
그 순간들을 베껴버렸다 시인지 일기인지 모를 글들을

엮어 출판사에 보냈고 결국 나는 작가가 된다

　시집이 출판된 후

　더 이상 꿈 속에서 누나를 만나는 일은 없었다 마른 잎이 바람에 흔들리는 소리마저 요즘에는 들리지 않고 감각도 무뎌질 대로 무뎌져서

　더는 시 같은 것을 쓸 수 없을 것 같다는 생각이 든다

*사건번호 2000형제 6047호

# 음운론

양순음과 양순음 연쇄가 이어질 때 어떤 발음이 될까
요 교수님은 다정하게 말했지 내 얼굴과 이름을 기억하
는 그녀에게 감사했지만 고마운 마음만으로 예습과 복
습을 철저히 하기에 나는 너무나도 게으른 사람 벽에
걸린 시계가 멈춰버린 강의실에서 짝사랑의 연락을 기
다리고 있었다 제가 아끼는 악기는 피아노입니다만 누
나가 죽은 뒤로 건반을 만져본 기억이 없고 고기가 익
기를 이끼로 뒤덮인 바위에서 기다렸지만 그건 그저 예
시를 위해 억지로 지어낸 상상일 뿐 선행, 조건, 탈락,
예외, 연쇄, 교체와 같은 단어들이 불규칙적으로 반복
해서 들린 것 같은데 하품을 하는 동안 교수님과 눈이
마주쳤다 강의실 곳곳에서는 콧물이 멈추지 않더군 예
측 가능한 소리는 교수님의 또랑또랑한 목소리 뿐 수많
은 불규칙과 예측 불가능함은 오히려 강의실을 차분하
게 만들었지 과자봉지 부스럭거리는 소리와 두 개 이상
의 빼빼로가 거의 동시에 똑. 하고 부러지는 소리는 그
출처를 알 수가 없었고 나는 그때 초콜릿에서 불쾌한

냄새가 날 수 있다는 사실을 처음 알았다 '뭘 알아야
필기를 하지' 이런 생각으로부터 시작된 이 글이 여기
까지 완성되는 동안 고작 삼십 분이 지났을 뿐인데 사
십 오 분을 또 어떻게 견뎌야 할지 고민하던 중 사람
에 따라 발음이 달라지는지 여부를 연구한 박사논문이
언급되어 '누군지 모를 당신도 참 할 일 없는 사람이
었군요'라는 생각이 들어 오히려 더 연구에 관해 신앙
심이 생겨나고 옆사람과 앞사람이 거울에 비친 내 모습
처럼 졸고 있는 것을 지켜보면서 흐릿한 풍경이 선명하
게 제 모습을 되찾아갔다 아아 그렇군 나는 졸고 있었
군 음운론이 정말 많은 깨달음을 주는 강의라는 사실을
그때 깨달았지 순간 교수님께서 언젠가 이 글을 보게
될 것이 걱정이 되고 동시에 나는 전날밤 짝사랑과 입
을 맞춘 사건이 떠오르면서 이상하게 웃음이 났다 정말
완벽한 타이밍이었지 바로 그때 오늘은 수업이 일찍 끝
났다는 얘길 들었으니까 모든 학생들이 나를 따라 웃었
어 황홀하리만큼 모든 것이 완벽한 강의였다 오늘밤에
도 그녀와 키스를 한다면 나는 크리스마스에 교수님께
감사 편지를 쓸 거야 교수님 부족한 제게 B+를 주셔서
감사합니다 당신은 제 뮤즈였어요 한 학기 동안 감사했
습니다, 라고 아무리 예술가라도 숫자와 점수 앞에선
비굴해지는 법 왜냐하면 여기는 상처마저 등급을 매기

는 한국어 쓰는 나라니까 내 인생 목표 중 하나는 이
방인이 되는 것 그것이 국어음운론을 열심히 공부하지
않은 가장 큰 이유였어

# 불안


체온만큼 따뜻한 물속에서 숨 쉬던 아주 오래 전 나는 알에서 태어난 신화 속 영웅을 꿈꿨다


폭우 속에서 젖은 날개 푸두두두 펄럭이며 죽을힘을 다해 추락한 새들은 전깃줄을 움켜잡고 가까스로 살아남았고

날벌레 떼가 타들어가는 가로등 밑에서 선물 상자를 발로 찬 나의 옛 애인은 더 이상 아무런 소식이 들리지 않았다


가까운 항성 하나가 지구의 회전 속도로 지평선을 기웃거릴 동안

늙은 짐승의 냄새가 나는 골목에서 피부가 까맣게 탄 이방인이 담장만큼 견고한 목조건물을 불태우는 동안 나는 내뱉기 힘든 한 모금을 집어삼키고 무기력하게


불 꺼진 방에서 분신자살을 검색했다

그럴 때마다 반복되는 '당신은 존재만으로도 빛나는 사람. 포기하지 마세요.'라는 노골적인 문구는
포기할 것 하나 없이 시작조차 되지 못한 어느 청년의 꿈을 붉게 물들였다


수십 년 전 분신자살한 어느 청년은 손가락 사이에서 연기가 되어 흩어졌다 커튼 열 때마다 들려오는 출처 분명한 함성소리는 나의 자장가


별자리를 구성하던 별 하나가 소멸한 순간


우주를 불태우고 땅으로 추락한 어느 누군가의 자식이 타고 남은 담뱃재마냥 쓸모없어지는 과정을 저만치 지켜보면서
저녁만 되면 지칠 때까지 사랑을 했다 친구를 만나 후배를 만나 이웃을 만나 땀에 젖을 때까지


아낌없이 사랑을 나눠주었다

# 반복

다른 일기를 쓰려고 한다. 더 이상 짝사랑을 앓던 어린 아이는 이제 없고 그저 과거형의 애인과 마주쳐도 알아보지 못하는 어른들만 여기 모여 웃고 있는 동안. 다른 계절이 왔음을 알면서도 매일 같은 옷을 입고 한 사람만 바라봤던 그는 다른 결말을 쓰려 합니다. 학교에 가지 않았다. 라는 문장부터 시작했다. 창문 밖이 새까맣게 물들 때까지, 그리워하고, 커피를 내리고, 책을 읽고 있었다. 핸드폰은 꺼둔 채로. 그는 밖으로 나왔다. 다른 날짜를 앞두고 나온 거리에는 반딧불이 반짝이고 있었다. 따라가지 않았다. 불빛은 혼자였고 손을 뻗으면 닿을 수 있음에도. 외투 주머니 깊숙이 손을 넣고 그저 바라보았다. 멀어졌다. 익숙한 질감이 볼을 타고 흘러내렸다. 선명하게. 그것은 버려진 편지일 것이고 그러나 서랍 깊숙이 보관되어 있을 것이다. 주인이 바뀐 방에서. 멀어졌다. 그럼에도 사라지지 않았다. 끝맺음이 없는 마음은 쉽게 더럽혀진다. 고개를 돌리면 반짝이는 것이 많았다. 그는. 아무런 흥미도 느끼지 못하고 그저 걸었다. 그러나 마주치고 말았다. 지난밤의 반딧불과. 불과 한 시간 만에. 손에서 다른 온기가 느껴지는 듯 했다. 반짝이는 그것은 그가 살고 있는 건물 속으로 들어간다. 차례대로 층마다 불이 켜진다. 그의 집앞에 서있는 조그마한 그림자가 보인다. 그것은 정말 그녀였을까. 그녀의 집은 한 계단 아래에 있었다. 그렇지만 그는 고개를 돌리고 건물과 점점 멀어졌다. 그럼에도 반짝임은 사라지지 않았고. 결국 그는 되돌아온다. 그는 이미 문 앞에 서있었다. 오래 전 자주 들리던 방이었다. 무시했다. 아무런 행동도 하지 않고 지나쳤다. 문 뒤에서 숨소리가 들려오는 것을 알았기에. 쿵쿵거리는 발소리를 들려주며 아무 말 없이 자신의 방으로 돌아왔다. 간혹 문 밖의 소리에 심장이 덜컹 내려앉은 채. 많은 글을 쓰기도 했다. 그는 더 이상 결말이 슬픈 소설을 읽지 않는다. 자신의 이야기와 별반 다르지 않았으므로. 그는 눈물의 의미를 묘사하지 않았다. 사람들은 이미 오래 전에 공허한 그의 슬픔을 외면했다. 하지만 그것은 그 또한 원했던 일이었다. 결국 그는 오늘도 같은 일기를 쓸 것이다. 여전히 그는 나무 밑에서 떨어지는 낙엽을 잡고 얼굴을 기억하는 사람들을 스쳐 지나간다. 나는 쓰던 편지를 사랑하는 사람에게 전하지 못하고 있었다. 그는 편지를 도로 꺼낸다. 공책을 벗어난 글을 펼쳐본 적 없는 책 사이에 꽂아두었다. 그가 울고 있는 동안. 나는 공허한 입모양으로 웃음 지으며 새벽의 거리를 걸었다. 이 모든 일들이.

동시에.

# 넋두리

서른 아홉 편의 사랑시를 쓰면서 한때 나의 전부였던 사람들에 대해 고민했다 추억의 개수는 함께 한 시간에 비례했고 짧지만은 않은 순간이 책이 완성되지 못하도록 페이지를 더했다 나는 펜을 든 채 낙서 가득한 노트를 펼쳐놓고 건물 밖으로 사람들이 걸어나가는 것을 바라보았다 청춘은 도대체 언제 끝나는 거지? 사람 수보다 많은 사랑노래가 비슷한 패턴으로 한낮의 가로수 길에 쏟아졌다 내일 아침이면 끝나버릴 이야기가 많았지만 시작도 되지 못한 채 자신의 차례만 기다리는 비율이 훨씬 많았다, 사랑도 노래도 그렇게 계속 쌓여만 가는 동안 사랑하는 사람들만큼 많은 이별이 매일 밤 생산되었다 그것이 가을만 되면 이별노래가 쏟아져나오는 이유였고 이별의 패턴 또한 사실 남들과 별반 다르지 않았기에 잠들지 못하고 슬픈 노래로 견딘 밤이 며칠 째인지 짐작조차 되지 않았다 한숨의 빈도가 잦아질수록 세드엔딩의 가능성은 높아지는 법 그런데 왜, 정리하지 못하고 아파하는 걸까 책은 이미 완성됐고 짝사랑에게서 먼저 연락이 오는 일은 없었다 끝나버린 관계와 완성된 시집 일 년 쯤 지나면 후회할 이야기가 분명했지만 차라리 최선을 다해 실패한 것이 일 년이 지나도록 아쉬운 것보다는 나은 선택이라고,

나는 그렇게 생각했다

# 결론

늙은 강아지에게 사과하는 것은 또 처음이군요 제가 당신이 아껴 먹던 음식을 몰래 갉아먹었습니다 무릎꿇은 기분이 어떠냐고요? 좋네요 아주 좋아요 볼품없어진 제 모습이 우습겠지만 분하지는 않네요 당신의 살코기를 전부 떼어다가 오랜 시간 제 맘대로 깨물고 장난친 다음 뼈만 남겨놨으니까요 당신이 요리를 멈춘 사이 당신의 것을 훔쳤습니다 한 입, 아니 두 입 세 입 베어물었을 즈음 당신은 지질하게 제가 아닌 음식에 침을 뱉더군요 그 음식 이름이 뭐였는지는 기억은 잘 안 나지만 맛이 괜찮았 던 것은 분명합니다 미안해요 사실 하나도 안 미안한데 그래서 미안한 거에요 진작 돌려주거나 다 먹어치울 걸 하는 아쉬움이 남긴 하지만 지금에라도 제가 먹다 남긴 음식 돌려드립니다 먹다 뱉은 부분이 딱 당신이랑 잘 어울려서 그래서 주는 거에요 아 맞다 물론 제 목소리 듣지도 못하시겠죠 제가 먹다 남긴 음식이 그렇게 맛이 좋았냐는 질문도 처음과 맛이 달라진 것을 알게 된 뒤 저는 더는 입을 대고 싶지 않아졌어요 먹다 뱉어 제 타액이 섞인 부위는 특히 맛이 다를 겁니다 어두컴컴한 밤 해골에 고여 있던 썩은 물처럼 깨달음을 주는 맛이랄까 뭐 대형마트 시식 코너 마냥 네 다섯 번 맛 본 것 치곤 나쁘지 않은 맛이네요 그럼 앞으로 계속 즐거운 시간 되시길

아. 벌써부터 저는 다음 손님이 궁금해집니다 몇 주 전에 보았거든요 삼 년 넘게 사귄 애인이 있는 남자가 일 년 사귄 애인이 있는 여자애를 언급하며 "기회 되면 한 번 먹어보고 싶다." 말하는 장면을요 아 물론 맛집 얘기였어요 저는 당사자에게 진실을 에둘러 이야기했지만 그녀는 저보고 소설 쓰지 말라더군요 그래서 저는 그냥 신경끄려고 합니다 어디까지가 소설이고 어디까지 진실이 될지에 관해

# 결말

*

처음엔 그냥 그런가보다 했어요 어차피 저랑은 상관
없는 이야기니까 근데 당신이 너무 나쁜 사람이고 지저
분하다는 얘길 들었어요 듣고 나서 알았죠 이거 너무
쉬울 것 같다고 솔직히 그런 생각해본 적 없지만 그냥
그렇다고 쓸게요 여기선 제가 나쁜 놈이니까 쓸데없는
배려심에 오지랖을 부렸다는 걸 깨달았을 때는 이미 늦
은 뒤였어요 욕심이 생겼거든요 당신의 예쁜 인형을 방
치하지 않았다면 아무 일도 안 일어났을 거에요 너무
화내진 말아요 제 덕에 권태기의 두 연인이 끈끈해진
것도 사실이잖아요 그땐 몰랐죠 진심이라 믿은 제 마음
이 자라기도 전에 잘려나가 이렇게 더럽혀질 줄은 이런
식으로 비웃음거리가 될 줄은 상처받고 아파서 이리 빨
리 쉬운 길로 돌아올 줄은

저는 매일 비틀거리고 헐떡이고 끙끙거리고 손가락질
받고 초라하게 혼자서 눈물 흘리고 버벅거리면서도 지

켜내고 싶은 것이 있어 몸부림쳤는데 비틀어진 채 버려진 편지와 저에 관한 뒷 얘기들을 들으니 이젠 정말 남에게 몹쓸 짓을 해도 상관 없을 것 같아요

그래도 조금은 화가 나네요 당신들과 별반 다르지 않은 괴물이 되어버린 게

# 결국

*

이 이야기가 세상에 알려지면 저는 멍청해지는 연습부터 해야겠어요 제게 누군가 화를 내면 텅 빈 눈빛을 흐리멍텅한 무채색으로 칠하면서 아무 것도 모르는 척 해야하니까요 저는 그저 보고 겪은 것을 옮겨적었을 뿐인데 어쩔 줄 모르고 안절부절 화를 내는 이유는 뭘까요 물론 **먹고 싶다** 말하던 새끼가 화내는 본인이라는 걸 알고 있기 때문이겠죠? 그게 진짜 술김에 한 농담만은 아니라는 것 또한 말이죠 지금 이 글을 쓰는 순간에도 애인이 있는 수많은 남녀가 각자의 애인 몰래 이성과 단둘이 술 한 잔씩 하고 있습니다 자취방에서 진지한 대화를 나누고 있는 것 같은데 그 수위는 묻지 마세요 거친 숨소리가 상실의 시대보다는 많을 거에요 어쩌겠어요 외로운 사람이 이렇게 많은 세상인데

이제 알겠죠? 누가 제일 불쌍한 인간인지

물론 저는 인간이 아닙니다 인간으로 남고 싶어 내민 손을 누가 쳐다보지도 않고 나이프로 도려냈거든요 토막난 손이 바닥에 떨어져 굴러다니는 것을 보고 저는 인간이기를 포기했지요 그리고 깨달았어요 순수하고 서툴렀던 사람은 더럽게 물들어 악역이 되고 그저 외로웠던 사람은 가해자이면서 동시에 피해자가 되어 희생당하고 그저 나쁘고 아픈 사람들은 아직도 아무 것도 모르고 있을 거라는 걸요 저는 그게 너무 재미있고 즐겁습니다 애초에 저는 이렇게 버려지고 괴물이 될 운명이었으니까요 망가진 감정을 버리니까 이렇게 편할 수가 없네요 물론 고장내고 망가뜨린 사람들은 따로 있지만

제가 불쌍한 이유는 사랑이라는 걸 해본 적이 없기 때문일 거에요 아니 사실 그냥 처음부터 마음이란 게 없어 뭔지 몰랐다고

그렇게 믿기로 했습니다

# 그다지 유쾌하지 않은 것

19학번이 될 이천 년생들 매일 아침 악몽으로 출근한다면서 프로필과 배경사진 모두 회사 명찰인 친구들 앞머리만 말린 채 사람으로 가득 찬 지하철로 뛰어들어야 하는 오전 일곱 시 달을 갉아먹는 새벽 네 시의 먹구름 오랜 시간 방치되어 귤 껍질 위로 스며든 과즙 위로 돋아나는 새하얀 곰팡이 63빌딩 주변이 폭죽 소리로 빛나는 순간 도서관에서 중간고사를 준비하는 학교 후배들 끊임없이 택시를 뱉어내는 어느 새벽의 강남역 아스팔트 그 위에서 손짓하는 간절한 외침을 외면하는 가래침 같이 샛노란 택시 여러 대 그럼에도 날카로운 자동차의 전조등 불빛 폭우 속에 흥건해지는 비좁은 반지하 방바닥 그럼에도 촉촉한 젤을 바르고 섹스하는 수많은 청년들 포개진 그림자가 분리되어 각자 다른 방향으로 걸어가는 순간 속이 비치는 린넨셔츠를 입고 롱패딩으로 몸을 가린 채 학교에 가던 어느 추운 겨울날 아직 한 해가 끝날 때까지 백일 넘게 남았는데도 버젓이 팔리고 있는 내년의 탁상달력 멈춰선 관객 하나 없는 홍대 거리의 버스킹 유난히 튀어나와 헌혈할 때마다 간호사들이 매번 신기해하는 팔뚝의 도드라진 혈관들 피를 팔아 받아낸 한 장의 영화예매권 이른 봄날 짓밟혀 누렇게 점이 된 벚꽃 한 송이 선크림 바른 손으로 눈 비비다 느낀 쓰라림 유통기한 지난 우유의 맛 등에서 따끔거리는 땀의 온도 창문을 닦다가 바닥을 쓸다가 비가 내리다가 아주 잠깐 교실에 있는 아이들의 동작이 멈추는 순간 쓰레기통 주변에 쌓인 책을 주워다 팔던 나의 열 아홉 살 먹다 남긴 사과 위에 납작해진 초파리의 붉은 눈 십 년 넘게 공부했음에도 미리 만들어놓지 않으면 입 밖으로 나오지 않는 한국인들의 영어 문장 외국인 앞에서 비슷하게 망가진 얼굴로 웃고 있는 거울 속의 너와 나 간밤에 꾼 팔다리가 길어지는 꿈 각자 다른 사연을 가지고 비슷하게 늙어가는 서울의 수많은 직장인들 군복 지퍼를 내린 채 베레모로 얼굴을 덮은 어느 주말의 늦은 오후 손가락 틈새로 흐르는 비 눗물과 한숨을 쉬어도 한숨이 새어나오는 4학년 2학기 늙고 나서야 뒤늦게 그것이 참 아름답다고 생각하는 시리도록 푸른 봄.

# 역사

책상 위의 낙서가 끝날 때마다 양팔은 하늘을 가리키네. 그림자를 따라 나가면 눈이 부시지. 건물 밖으로 구슬 같은 우산이 무지개가 되어 쏟아지는 동안 아이들은 흩어지고, 때때로 투명해지네. 지퍼를 끝까지 채우면서 오늘까지만 떨기로 했네. 몸은 뒤집히고, 아이들은 여전히 표정이 없고. 나를 찾아달라는 쪽지가 되어 먼지를 차갑게 품은 채로 축축해지네.

심장이 뛰지 않게 되고나서야 새는 알을 깨고 나왔네. 오늘도 그 신의 이름은 알지 못하네. 잠긴 문의 온도를, 창문 너머 울음소리를. 작은 상자 속으로 가라앉는 순간의 촉감을. 바로 여기. 지금. 아니 아주 오랜 시간이 흐른 뒤의 방금 전. 점이 모여 선이 되는 순간을 지켜보면서, 안경을 벗다 말고 문장이 그림 같아졌다면서 미소를 짓는 소녀와 입을 맞추는 상상을 하네.

비좁은 침대 위로 포개지는 풍경들. 반으로 접힌 채

반대편의 절반을 보듬는 아이들. 두 개의 선이 포개지면 면이 될 가능성이 정육면체의 부피만큼 선명해지네.

그러면 더 이상 마네킹이 사람의 무게로 떨어지는 일은 일어나지 않겠지. 먹구름에서 검은 비가 내리지 않는 것처럼. 나는 여기 또 한 번. 출석부를 벗어나는 상상을 하네. 익숙한 솜털이 되어 바람을 타고 우쿨렐레를 등에 맨 왼손잡이의 노래소리가 들리는 곳으로 날아가네. 그러다 울음소리에 멈춰 사랑하는 소녀의 젖은 볼을 닦아주네. 뜬눈으로 붙잡은 것이 손가락 사이에서 흘러내려도. 낯선 꿈이 뽀얗게 뽀얗게 얼어붙기까지의 시간을 아까워하지 않기로 했네.

# 제3장

# 이것은 시가 아니고

# 버킷리스트

자. 여기 다섯 사람이 함께 적은 버킷리스트가 있어. 한 번 읽어볼래? 읽고 나서 망치로 머리를 한 대 맞은 기분이 든다거나 가슴이 벅차오른다거나 아니면 반대로 마음이 불편해진다던지 혹은 새로운 꿈이 생긴다면 그 것도 나름 의미가 있다고 생각해. 형광펜을 들고 마음에 드는 부분에 밑줄을 치고 거기에 너의 꿈을 더해 너만의 버킷리스트 목록을 만들어봤으면 좋겠어. 너만을 위한 목록 열 개는 남겨놓을 테니 네가 완성해줄 래? 이 버킷리스트.

1. 해외아동 결연후원 시작하기
2. 좋아하는 책으로 가득 채운 서재 만들기
3. 주말에 이불 속에서 드라마 전편 몰아보기
4. 친구들과 잠실 경기장에서 치킨 먹으며 야구경기 직관
5. 나만의 이야기로 작사, 작곡 해보기
6. 낯선 경험을 엮어 여행 에세이 출판해보기

7. 1종 대형 운전면허 취득

8. 전문 상담교사가 되어 보람있는 삶 살아가기

9. 통기타 배우기

10. 바둑 아마 1단 되기

11. 볼링 퍼펙트게임 성공

12. 한 달 동안 하루도 빠짐없이 팔 굽혀 펴기 100회

13. 주식투자 해보기

14. 태권도 사범(지도자) 자격증 취득

15. 사랑스러운 고양이 키우기

16. 영어 완전 정복해서 외국인 친구들과 프리 토킹하며 사는 삶

17. 배워본 적 없는 외국어 배워보기

18. 책임감 있게 선거에 참여하여 국민으로서의 권리 행사하기

19. 눈 딱 감고 대학생 때 천만 원 모으기

20. 서른 살에 1억 모으기

21. 발명, 그리고 특허권 취득

22. 미러리스 카메라 구입

23. 컬러런에서 알록달록 색깔로 물들어보기

24. 서울 세계불꽃축제에서 아름다운 불꽃쇼 즐기기

25. 영국에서 워킹홀리데이

26. 사랑하는 사람과 여의도에서 벚꽃축제 즐기기

27. 아이오와 대학교 국제 창작프로그램 참가

28. 한국음반산업협회을 통해, 내가 만든 음원 등록하기

29. 주변을 관찰하며 인상깊었던 것들 메모해서, 에세이로 써보기

30. 내가 만든 색의 페인트로 칙칙한 방 분위기 바꾸기

31. 똑같은 책 10번 읽어보기

32. 일 년 동안 꾸준히 운동하고 바디 프로필 촬영해보기

33. 포켓몬Go 다시 시작해서 두 발로 걸어 도감 전부 완성하기

34. 누군가의 멘토가 되어보기

35. KT&G 상상univ 클래스 강사가 되어 학생들과 경험 나누기

36. 헌혈 30회

37. 헌혈 50회

38. 동생이 다니고 있는 고등학교에서 강연하기

39. 퀴즈 프로그램 '1대100' 최후의 1인

40. 해피무브 글로벌 청년 봉사단 한 번 더 경험하기

41. 예비 대학생들에게 대학생활에 관해 컨설팅 해주

기차 여행

62. 물이 고인 볼리비아 우유니 사막 보러 가기

63. 여름 프로방스의 만개한 라벤더 밭에서 걷기

64. 파리에서 한 달 동안 지내보기

65. 몽골 사막에서 별 사진 찍기

66. 태국 치앙마이 한 달 살기

67. 해비타트 활동하면서 내가 베트남에 지은 집 가보기

68. 80일간의 남미일주

69. 히드로 공항에서 '분실물 경매' 이벤트 참가

70. 제주도 달집 게스트하우스 스탭 경험해보기

71. 부모님 빚 전부 갚아드리기

72. 졸업학점 4.0 넘기기

73. 특이한 머리스타일 도전하기

74. 글쓰기 공모전 1위하기

75. 밤샘독서 행사 참가해보기

76. 아버지한테 당구 배워서 200점 넘는 실력 쌓기

77. 대한민국 인재상 수상

78. 외국인 친구 열 명 이상 만들기

79. 마라톤 대회 10km _ 35분 안에 완주하기

80. 잡지 인터뷰 기사에 나오기

81. 노무현 리더십 장학생 되기

82. 이한열 장학생 되기

83. 지역인재 장학금 받아보기

90. 장학금 누적 5,000만원 넘기기

91. 더 평등하고 행복한 세상을 위해 적극적으로 목소리 내기

92. 엽편소설집『대학교에서 살아남기』집필

93. 장편소설 써보기

94. 조선시대 위인을 주인공으로 한 팩션 소설 쓰기

95. 90년대생, 그들의 세대성에 관한 이야기를 소설로 써보기

96. 야한 소설 써보기『우린 오늘 아무 일도 없겠지만』

97. 사람들 인터뷰해서 세상에 감동을 줄 수 있는 한 권의 책으로 엮어보기

98. 22세기가 되는 순간을 지켜보기

99. 게임회사 사장과 친구 되기

100. 건강한 피부 관리하기

101. 평생 함께 할 친구 세 명 이상 만들기

102. 토익 990점

103. 한 겨울에 일본 온천 여행

104. 전문적으로 노래 배워보기

105. 사랑하는 사람을 만나 긴 연애 끝에 결혼하기

106. 성적우수 장학금 받아보기

107. 서울에 내 집 마련하기

108. 스물 여섯 살 이전에 취직하기

109. 한 가지 분야에서 독보적인 인물이 되기

110. 진정 하고 싶은 일이 생기면 과감히 다른 것을 포기하고 도전할 수 있는 용기를 지닌 사람이 되기

111. 사고 싶은 옷을 걱정 없이 사는 삶

112. 건물주 되기

113. 부모님과 해외여행 다녀오기

114. 몽골 사막 다녀오기

115. 부모님 여행 보내드리기

116. 돌출입 성형수술

117. 30대 이전에 결혼하기

118. 가장 친한 친구와 일 년에 한 번 해외여행 다니기

119. 가정집에 노래방 만들기

120. 휴학을 해서 한 달 넘는 기간 동안 하루 종일 뒹굴면서 잉여로운 시간보내기

121. 경비행기 운전해보기

122. 할머니 집에 혼자 방문하여 그 곳에서 하루 보내기

123. 공모전 1등 해보기

124. 치킨 종류별로 시켜놓고 한 입씩만 먹어보기

125. 졸업 학점 4.0 이상 만들기

126. 취직해서 가족들 용돈 챙겨주기

127. 내 집에 당구대 들여놓기

128. 프로그래밍 한 가지 이상 마스터하기

129. 엄마와 단둘이 술 마시기

130. 통장잔고 11자리 만들기

131. 좋아하는 배우의 뮤지컬 보기

132. 영화관에서 알바하면서 연애해보기

133. 셜록홈즈 박물관 가기

134. 스웨덴 여행가서 오로라를 반드시 보기

135. 악보 없이 피아노 한 곡 완곡하기

136. 마술, 카드매니 모든 기술 배워보기

137. 내가 쓴 단편소설들 전부 모아서 제본하기

138. 중국어 간단한 회화 가능할 정도로 공부하기

139. 원나잇 경험해보기

140. 장편소설 완성해보기

141. 친구들과 1박 2일보다 긴 기간 여행하기

142. 내가 쓴 글로 종이책 출판

143. 내 이름이 적힌 번역서 출판하기

144. 게임 제작에 시나리오 작가로 참여해보기

145. 오디오 드라마 제작에 시나리오 작가로 참여해

보기

146. 혼자 사는 집에서 골드 리트리버 한 마리와 함께 사는 삶

147. 사랑하는 사람와 일주년 되는 날에 직접 쓴 책 선물하기

148. 고등학생 때 정기적으로 봉사활동 갔던 곳에서 만난 아이들 다시 보기

149. 내가 일해서 받은 첫 수익으로 가족들에게 선물하기

150. 고등학생 때 썼던 중편소설 희곡으로 바꿔 써 보기

151. 친구들에게 맛있는 음식 해주기

152. 탄탄한 복근 만들기

153. LG드림챌린저 주니어 멘토

154. 영국 발음 배우기

155. 주택청약 당첨

156. 번역 아카데미 다녀보기

157. 중국여행 가서 중국어로 소통하기

158. 대학 졸업 전까지 장편소설 두 편은 끝내기

159. 피아노 '즉흥환상곡' 칠 수 있게 다시 연습하기

160. 주 5일 근무 + 휴일에 무조건 휴무 + 9시 출근 6시 정시 퇴근인 회사에 취직하기

161. 독립해서 애완동물 기르기

162. 하루 빨리 부모님으로부터 경제적으로 독립하기

163. 드라마에 나올 법한 연애 해보기

164. 국토대장정에 참가해보기 (이왕이면 동아제약 국토대장정)

165. 퇴사 후 부모님과 80일간의 해외 여행

166. 담임 선생님들 찾아가서 식사 대접하기

167. 첫 월급 받으면 부모님께 용돈 드리기

168. 외국 사람과 연애해보기

169. 매주 한 번씩은 배달음식 시켜먹을 여유 가지기

170. 다이어트, 규칙적으로 운동하기

171. 애버랜드 아르바이트

172. 백두산 등산하기 (정상까지 오르기)

173. 월에 한 번 쯤은 100만 원 정도 일시불로 긁을 수 있는 사람 되기

174. 영상 편집 기술 배우기

175. 이 순간을 함께하는 친구들에게 돈 쓰는 거 아까워하지 않기

176. 성경 다 읽어보기

177. 피겨 스케이팅 배워보기

178. 치아 교정하기

179. 바쁘지 않게 살기

180. 자식 세대들이 죽기 전까지 전쟁이 없는 세상

181. 대통령 선거에서 내가 뽑은 후보가 대통령이 되는 모습 지켜보기

182. 보카 바이블 1만 단어 완벽히 외우기

182. 이영관 작가님과 5년 후에 단 둘이 술 마시기

183. 내 손으로 직접 가구 제작하기

184. 쿠크다스 같은 저질체력 좀 극복하기

185. 한 달 동안 아무것도 안 하고 아무 걱정도 안 하면서 집에서 푹 쉬기

186. 컴퓨터 활용능력 1급 자격증 따기

187. 외국에서 패러글라이딩

188. 친구들 생일 때 잊지 않고 편지 써서 우편으로 부치기

189. 제주도에서 인생 샷 건진 후 인화해놓기

190. 작은 일에 스트레스 받지 않는 법 연습하기

191. 모든 일에 담대해지기

192. 많은 이들에게 필요한 사람, 쓸모 있는 사람이 되기

193. 꾸준히 무엇인가 하는 습관들이기

194. 수지 같이 사랑스런 매력 갖기

195. 어버이날 엄마 아빠한테 10만원씩이라도 용돈

드리기

196. 소설 태백산맥 열 권 다 읽기

197. 학교에서 배운 내용 그날 그날 복습하는 습관 들이기

198. TV에 출연하여 10초 이상 화면에 나와보기

199. 눈썹 예쁘게 다듬기

200. 대학교 홍보대사 활동

201. 대학교에 장학금 기부하기

202. 적성에 잘 맞는 곳으로 취업하기

203. 마음중심 잘 잡고 매일 밤 소소하게 행복한 기분 만끽하기

204. 피아노 반주 조금 더 배우기

205. 순덕이(강아지)랑 벚꽃 만개했을 때 만석공원에서 산책하기

206. 산티아고 순례길 완주하기

207. 해외봉사 경험하기

208. 일 년에 두 번. 좋아하는 가수 콘서트 가기

209. 조금이라도 젊은 나이에 친구들과 사진 찍어 인쇄해놓기

210. 취업해도 가족들과 많은 시간 보내기

211. 내가 하는 일에 충실하며 부모님께 늘 감사한 마음 갖기

212. 친구들의 말에 늘 귀 기울이기

213. 부모님께 자주 전화하기

214. 꾸준히 봉사하며 기부하는 삶

215. 자식이 생기면 자녀를 항상 믿어주고 사랑해주기

216. 대학원 졸업 및 석사학위 취득

217. 가족들과 체코여행 가서 스카이다이빙하기

218. 사랑하는 사람에게 값진 선물 해주기

219. 동생과 미국 동부 여행가기

220. 친구들 결혼식에 참석해서 세상에서 가장 기쁘게 축하해주기

221.

222.

223.

224.

225.

226.

227.

228.

229.

230.

# 계급


광복 직전에 태어나 전쟁터에서 큰아버지를 낳으신 할머니는 대통령이었던 대통령 딸이 수감된 뉴스를 보며 서럽게 울었다 누군지도 모르는 사람이 밥 먹는 모습을 영상으로 보는 것이 유행이었고 동생은 연예인에 미쳐있었다 동생이 유명 여가수가 밥 먹는 모습을 따라하면서 맛있게 먹는 표정을 흉내낼 때는 병원에 보내야 하는 것은 아닌지 걱정을 하기도 했으나

일년 쯤 지나 고양이가 밥 먹는 모습을 영상으로 보며 웃고 있는 내 모습을 발견하고서 동생의 마음을 이해하였다 고속터미널역의 지하상가에서 한 번도 못 입고 버릴 싸구려 원피스를 구경하고 있던 옛 애인과 마주치고 내 아버지의 아버지는 에어팟을 새로 산 것을 손녀 딸에게 자랑했다

모두가 만족했다

필요한 건 없었고 그 누구도 성공을 바라지 않는 것처럼 보였다 그러지 않고서는 다들 이렇게 똑같은 모습으로 살아갈 리가 없다

대외활동은 스무 개 정도 컴활 1급에 한국사도 당연히 1급 기사 자격증 하나에 오픽 AL 토익은 900점 정도? 인생이 시험의 반복인데 문제 풀 실력은 늘지가 않고 밤 새워 만든 학생들의 자기소개서 대부분이 읽히지 못한 채 교수님 방 쓰레기통에 버려졌다

교수님을 대신하여 이력서 대부분을 잘게 자른 뒤 시 좀 써볼까 하고 들린 흑석동의 어느 작은 카페에서는

거스름돈으로 받은 동전 10원을 쓰레기통에 던지고 노는 아이가 눈에 띄었다 그는 엄마가 준 아메리카노를 한 입 마시더니 깜짝 놀란 표정으로 바닥에 그것을 뱉어버렸는데 알바생들은 누구보다 빠르게 달려왔다 그들은 걸레질을 하면서도 표정의 변화가 없었다

입만 열면 삶이 없다며 직장상사를 욕하는 동기들 정방형의 사진 속에서는
다들 잘만 살아가고 있었다

나는
그렇게 생각했다

구름 위에 계신 분들은 모든 것이 계획대로 잘 되어
가고 있다고 생각할 거라고 정말

정교하게 설계된 아름다운 세상이라고

# 제1조 2항


그거 알아? 시험장에서 나눠주는 법전을 집에 가져가면 불합격한대 그는 가방에 넣으려던 것을 빈 교실 책상 서랍에 버린다


사방이 적이었다 운동장이 펄럭이는 풍경이 신기해 다가갔지만 사람들에 둘러싸여 한걸음 발자국이 힘이 들었다


좁아진 교문 밖을 나서는 그에게 모르는 사람이 라이터를 건넨다


촛불은 기체가 타는 거라서 꺼지는 순간 가장 밝게 빛난대요


그는 초가 타는 이유가 심지 때문인 줄 알았다 무작정 사람들을 따라갔다 촛불이 가득한 광장에 도착했는데 지리멸렬한 발걸음이 멈춘 곳에서 전화를 받자 그의

소식을 익숙한 소음이 대신 전했다

선배가 있는 곳은 바람이 많이 부나 봐요 응 그런 것
같네 촛불이 다 꺼질 것 같아 컵의 곡면을 따라 무기
력한 불꽃이 휘청거렸다

백만 개라도요? 좀 전의 라이터를 건넨 모르는 사람
이 대화에 끼어들고 불가능해요 사람들이 이렇게 떨고
있잖아요 산소를 제거하면 되지 않을까? 그러면 사람부
터 죽겠지 당연한 말인데 여기서는 알 수 없는 일이었
다

숨이 멎을 것만 같아 되돌아간 집에서
불을 켜자
구겨진 책이 책상 위에 펼쳐져 있었다

(모든 권력은 국민으로부터 나온다)

소리 내어 읽는데 글씨가 눈앞에 아른거렸다 신기루
처럼 책상이 점점 기울어지는데 불빛은 점점 밝아지고
있었다 어디선가 노랫소리가 들려오는데 혁명 같은 변
주였다고

누군가 그렇게 말하고 있었다


* 헌법 제1조
①대한민국은 민주공화국이다.
②대한민국의 주권은 국민에게 있고,
  모든 권력은 국민으로부터 나온다

## 삼시세끼

TV를 켜자 원나잇이 유행이 된 시대가 도래했다고 뉴스앵커가 브리핑했다 앞으로 유행이라면 자살도 재미로 하는 세상이 되리라는 그의 풍자에 청년들의 악성댓글이 폭우 내리듯 쏟아졌다

대학교 졸업식 날 나는 신촌 번화가의 어느 번잡한 술집이었다 자궁으로부터 상속받은 하루는 여전히 술에 찌들어 제 온도를 견디고 창문 밖으로는 화장품으로 오차 없이 가슴골을 그린 여대생 한 명이 낯선 남자들 품에 안긴 채 비틀거리는 장면을 쉽게 볼 수 있었다

서로의 불행을 서로의 입술에 묻히며 즐거워하는 청춘들

졸업 작품을 대신 만들어주고 자서전을 대필해주는 일이 시시해질 무렵이었다 먹는 상상을 하며 목적 없이 채널을 돌려도 먹는 방송은 나오지 않고 따분함을 견디

다 결국 지쳐 잠이 들면 항상 같은 꿈을 꿨다

시체들이 하늘에서 추락하는 꿈 이름 없이 표정도 없
이 마네킹을 닮은 비곗덩어리들이 사람의 무게로 떨어
지는 그런 꿈
그런 날이면 텅 빈 것을 알고 있는 냉장고 문을 열어
원치 않는 무언가를 확인받곤 했다

무릎을 끌어안고 침대 하나로 가득 찬 방의 찬 공기
를 견딜 때마다 내장 깊숙한 곳부터 하수구에 머리카락
쌓이듯 겹겹이 쌓이는 굶주림
그로 인해 번번이 꿈에서 깼지만 그게 다였다

바닥에 굴러다니는 녹색 투명한 빈 병이 부딪치는 모
습이 낯설게 보이면서 시간이 느리게 흘러가는 것이 느
껴지던 그 순간

열려 있던 냉장고 안의 유통기한 지난 유정란에서 무
언가 깨지는 소리를 들은 것 같다

썩어버린 그곳에서
무언가가 다시 태어나고 있었다

# 전화통화 하다 말고 1분 30초만에 쓴 시

요새 나 퍼즐을 맞추고 있어 일이 잘 안 풀려서
퍼즐이 잘 맞춰지면 기분이 좋아

시발

며칠 전에는 대한민국 인재상 면접에서 떨어졌는데
최종후보 열한 명 중 네 명 밖에 안 떨어졌더라 (불합
격자 네 사람 중 한 명이 나였던 거야)

모서리부터 완성된 이 테두리 안에 퍼즐을 하나씩 끼
워넣고 내 인생도 이렇게 딱.딱. 맞춰지면 얼마나 좋을
까 생각하다가

딱. 들어맞는 딱딱.한 퍼즐 한 조각을 보며 네게 이
렇게 딱. 맞는 사람이면 얼마나 좋을까 생각하다가 이
제 딱. 한 조각만 더 넣으면 한 폭의 그림이 완성되는
데

없어

젠장

퍼즐 어디 간 거지? 아니 내 인생

(30초는 여기까지)

짜증나 죽겠네 창문 밖으로 지금 어떤 새끼가 길을
잃으면 새로운 여행이 시작된다고 노래를 부르는데 별
하나 없는 새벽에 노래도 졸라 못 불러서 기분이 좆같
아 여행 같은 소리 지랄 엿 빠는 소리하네

시발

어두컴컴한 내 인생

이래서 젊은 게 최고야
나 이제 겨우 스물 여섯인데
졸라 젊은데

야 너 미쳤어? 그런 식으로 글 쓰다 나중에 독자들한
테 욕 먹는다?

독자 한 명 없는 것보다 내 책 읽고 욕해줄 사람 한
명이라도 있는 게 차라리 낫지

시발
또 화날려 그러네

퍼즐 상자도 벗겨 포장지도 벗겨 침대 이불도 벗겨
그래도 남은 한 조각은 안 보이는데?

슬퍼하지 마 오늘 저녁에 나 벗기게 해줄게

뭔 소리야 새벽에 장난치면 방금 우리 얘기한 얘기
소설로 써버린다

그래 그럼 이것도 쓰던가

뭘?

너랑 오늘 밤새 섹스하고 싶어

술 마셨구나 내일 또 아무 기억 안 난다고 할 거지? 그럼 이 얘기 또 해야겠다 나 너 사랑해 오늘부터 여자로 너 좋아해도 돼?

그 얘기 저번에 하지 않았어? 꼭 사랑해야 잘 수 있는 건 아니잖아

또 선 긋는다

너 때문에 또 딱딱해지게 생겼네

(1분 30초는 여기까지)

# 휴식

　서울의 센트럴시티 터미널이었어 앉을 곳이 필요해 계단을 올랐는데 다행히도 쓰레기가 있던 자리는 사람들이 앉지 않아 빈 깡통이 가득 놓인 나무의자였는데 사람 하나 없더라 깡통을 치우고 휴지에 물을 묻혀 긴 의자를 닦았어 나는 자리를 창조하는 신 경제를 창조하는 정신병자들도 있는 세상에서 자리 하나 만드는 것쯤 나한테는 일도 아니었지 이 자리에 앉아 내려다보면 저 멀리 분주하게 움직이는 개미들을 볼 수 있어

　그런데 십분 쯤 지났을까 왼쪽 테이블에 빈 자리가 생기면서 아주머님 네 명이 달려와 앉았는데 저 멀리 또 한 사람이 달려와 아주머님 여럿이 아주머님을 반기고 아주머님 옆에는 내 또래의 여자애가 있었는데 아주머님 한 분이 목소리를 높였어 "어머. 축하해. 이번에 서울대 갔다면서?" 어느 정도로 소리가 컸냐면 계단 아래에서 풍경처럼 기어다니던 개미들이 위를 올려다보며 걸어다닐 정도였어 난데없이 주인공이 된 여자애 얼굴

을 빨개지고 울 것 같은 미소를 지었고 그녀와 난 눈이 마주쳤지

　아주머님들이 차례대로 솜털이 남아있을 것만 같은 그 애의 볼살을 잡아당겼어 아주머님들 모두가 웃는데 그 어디에도 자연스런 미소는 없더라 갑자기 배탈이 난 걸까 화장실을 참으며 억지로 차례를 양보하는 듯한 표정이었어

　어찌됐든 아주머니가 늘어나서 아주머니들 앉을 자리가 부족해지고 목소리 큰 아주머니가 주변을 둘러보다 내가 앉은 나무의자를 가리키더니 "저기로 옮길까." 말하는 거야 아주머니들이 이번에는 나를 쳐다봐 그녀를 포함해서 열두 개의 눈동자가 나를 훑으니까 식은땀이 나는 것 같더군

　설마설마 했는데 아주머니들은 정말로 테이블을 들어서 내 앞으로 끌고 왔어 끼익. 끼익. 하고 무쇠로 된 다리로 바닥에 줄을 그으며 그 다리가 바닥에 내려놓은 내 가방에 닿을 때까지 난 그때 세상에 무세포 생물도 존재할지 모른다는 가설을 세웠지 아주머님들에게 둘러싸인 나는 결국 일어섰고 젊은 두 사람을 제외한 모두

가 싱그럽게 웃었어 "학생 미안해요." 하면서 말이야 그 싱그러움의 시옷에다가 획 하나만 더하고 싶더라 미안하면 그러면 안 되는 건데 어른들의 세계에선 거짓말이 당연해 그게 예절이니까 나는 너무 피곤하고 앉을 곳이 필요해서 깡통마저 치우고 가방에서 꺼낸 휴지로 바닥의 희멀건 액체마저 닦았는데 뭐 이건 당신들 입장에선 알 바 아니겠지만 말이야

딱 하나 위안이 된 건 서울대 다닐 여자애의 흙빛이 된 얼굴이었어 방금 전까지 붉게 물들어 있더니 아주머님들이 그 무거운 테이블을 옮기는 동안 붉은 색의 보색 피가 얼굴에 쏠렸나봐 나도 속에서 무언가 위로 쏠렸는데 그래서 신음소리가 나는 듯 했지만 괜찮다고 말하며 자리를 비켜주었어 어른들의 세계에서는 거짓말이 예정이니까 다만

나를 보며 고개 숙이며 그녀의 흙빛 표정을 보며 생각했지 '저 아이가 조국의 미래구나. 이 나라의 미래는 마냥 밝기만 하군.' 내가 무릎을 붙잡고 힘들게 일어났을 때 그녀만이 유일하게 진심으로 미안한 듯한 표정을 지어보였고 고개마저 살짝 숙였거든

어찌됐든 나는 쉬고 싶었어 벽에 기대 눈이라도 감고 싶은데 돈이 없었어 카페는 많고 의자도 정말 많았는데 개미들은 그보다 더 많았어 머리가 간지러워 감고 싶어 지더군 목련향이 나는 하얀 색 통에 든 샴푸로 말이야 어쩌면 내 머리에서도 더듬이가 자라고 있을지도 모른 다는 생각이 들자 무서워졌어 개미들 틈에 섞여 있으니 귀도 아프고 어지럽고 백색소음 같은 소리하는 놈들 다 발로 밟아야 돼 이건 흑색 굉음이라고

반 시간 쯤 걷다 지쳐 아주머니들이 있던 곳으로 되돌아갔는데 다행히 아무도 없어 나무의자 위에도 테이블 주변도 쓰레기가 있던 자리에는 사람들이 앉지 않아 바닥에 흥건한 음료수 주변에 일개미들이 분주하게 움직이고 있었지만 의자들을 옮겨놓고 테이블을 치웠어 분주하게 움직이는 동안 나무의자에는 커플 한 쌍이 앉더니 마카롱을 나눠먹고 나무의자에 있는 가방을 챙기는 동안 아저씨 둘이 앉아 초밥을 까먹더라 그때 정말 눈 앞이 캄캄해졌어 이건 비유가 아니라 정말로 캄캄해진 거라서 그저 한숨이 나올 뿐 화도 나지 않았지

그게 벌써 오년 전인데

그때 그 서울대 갔다던 여자애는 뭐하고 있으려나 그
녀도 거짓말을 하며 살아가려나 여전히 미안한 일 앞에
서 진심으로 미안한 표정을 짓고 있으려나

# 폐강

그날은 일찍 잠에서 깼다 수업이 없는 시간 학교에 갔
고 그곳은 너무 열심히 살아가는 청년들이 그렇지 않은
청년들을 잠재우는 곳으로 여겨졌다 나는 도서관에서 서
서히 가라앉았다 빌린 책을 다 읽지도 못했지만 반납해
버렸다 그것은 다행히 무라카미 하루키였고 연체료 몇
백원을 내면 그날 바로 같은 제목의 표지만 바뀐 새 책
을 빌릴 수 있었다 페이지의 자리수가 바뀌자 문장은 없
고 풍경만 남아서 질투심에 한숨이 났다 어째서 스무 권
이 넘는 개츠비는 백 년 가까이 지나도 전부 대출 중인
지 어째서 내 손에 쥐어진 개츠비는 마지막 장까지 너덜
너덜해진 2009년 판인지 그럼에도 어째서 피츠제럴드와
하루키를 안주 삼아 하는 얘기하는 사람들은 투명하다
못해 점점 사라지는지 나는 일기를 끝내 덮지 못하고 강
의실로 향한다 휴강인 것을 알지 못하고 오랜 시간 앉아
있었다 평화롭게 이름 모를 후배들의 음란한 대화로 일
기장의 공백을 채우면서 이윽고 사람들은 책 속의 주인
공을 궁금해하고 나도 이제는 뭐가 뭔지 잘 모르겠다며

아무렇게나 대답해버렸다 나는 이 일기를 찢어 책의 페이지를 더한다 얼마 후 작가님께서는 자신이 쓴 시들을 하나도 기억하지 못할 것이다 기억하고 싶어서 쓴 초심은 어느새 마음을 잃어 잊기 위해 씌여진 글로 변질되고 인정 받은 나 또한 사람들에게 잊혀진다 잊혀짐으로써 과하게 포장되어 평범한 사람들의 꿈을 망가뜨린다 반드시 큰 잘못이나 실수를 저질러야만 만날 수 있는 사람을 사랑하게 되었고 그게 억울해서 사랑하는 사람의 일기를 망쳐놓은 것마저 더는 죄책감을 갖지 않게 되었다 책장 넘기는 소리가 도드라지는 공간이었다 빈 강의실 책상마다 책가방이 놓여있고 자리에는 서로 알지 못하는 두 남녀만이 앉아있었다 두 사람은 서로를 궁금해하고 두어 번 쯤 눈이 마주친 것 같다 가능성과 낮은 확률은 어감이 조금 달랐지만 더 이상 내가 믿지 않는 종교이며 나의 하루를 지치게 함으로써 꺼진 열정마저 사그라들게 하는 점에서 별반 다르지 않았다 유난히 내 일기에 시선을 두던 그녀가 일어났지만 계속 앉아있었다 앞으로 내내 나를 미워할 여자들을 떠올리면서 일기 쓰는 일을 멈추지 않았다 수식이 가득한 흰 종이들이 바닥을 나뒹굴었지만 그것마저 줍지 않았고 강의실에 더 이상 아무도 남아있지 않았음에도 출석부에 적힌 이름을 전부 지웠다 내일은 학교에 가지 않을 것이다

# 선물

두 사람이 함께 걷는 장면을 그리면 안심이 된다 홀로 뛰는 그림자는 행방이 늘 묘연하니까 두 사람이 서로를 몰라본다면 두 사람을 열정과 재능을 낮선 이에게 꺼내지 않는다면 결핍이 없는 두 사람이 함께 할 수 있는 역할놀이가 없다면

완벽하지 못한 두 남녀가 나오는 성장 드라마는 그녀가 좋아하지 않는 장르다 캠퍼스의 지루한 햇살, 마주치고 싶지 않은 남자 선배와, 유쾌하고 명랑한 여자주인공마저도

머피와 샐리는 세 살 터울의 선후배다 세 살 터울의 선배는 늘 불편하고 부담스러운 법이라 샐리는 머피를 피해다닌다

그럼에도 둘은 한 학기 동안 서로에게 시간을 내어 책임감을 다한다 공산주의가 망하지 않을 수 있다는 것을 증명이라도 하려는 듯이 그러나 학점을 전제로 한 역할놀이 앞에서 감정은 말할 수 없다 그러다 머피는

취직을 하고 그럼에도 학교에 나와 과제를 한다는 것은
분명 설명이 필요한 일이다

취직

취직은 두 사람을 갈라놓지 못했다 그럼에도 머피는
샐리와 만날 때마다 책임감을 다할 뿐이라 말한다

종강 그리고 졸업

종강과 졸업은 샐리와 머피의 역할놀이가 아무런 여
지없이 끝났음을 증명했다 그것은 두 사람을 각자의 삶
으로 돌려보냈고 놀이가 끝난 후 머피와 샐리는 감정
앞에서 자유롭다

재회

재회는 생각보다 쉬웠다 밥 먹다 말고 두 사람이 서
로 빤히 쳐다보는데 그러다 사랑에 빠지고 설레는 마음
으로 밥을 함께 꼭꼭 씹어먹으며 영화를 보는 일상을
공유했다

머피의 차 안에 꽃이 가득한 것은 한 사람이 청혼할 것임을 보여준다 비가 유난히 많이 오던 날 샐리는 열 장 분량의 편지를 쓰는 머피의 마음을 이해한다 샐리가 서러워서 울어버리고 여러 새벽을 고민한 끝에 고개를 끄덕이던 날

두 사람은 마침내 약속을 한다 결혼 예정일이 일 년 단위로 줄어들 때마다 머피는 기뻐하고 마침내 해피엔 딩이 적힌 각본따위는 없음을 두 사람이 인정하면서

우리 함께 막장 드라마를 장밋빛 이야기로 각색해 보 자고 홍정현과 문대원은 그렇게 약속한다 그렇게

지금도 사랑이라는 여행길을 함께 걷고 있을 두 사람 의 결혼을

진심으로 축하한다